Margarete Barainsky
Ein Winter im Alten Europa

Ein Winter im Alten Europa

Die Äußerungen des ehemaligen amerikanischen Verteidigungsministers Ronald Rumsfeld über „das Alte Europa" brachten die Autorin auf die Idee, die beiden Welten, die Neue und die Alte Welt, innerhalb einer Familie in ihrem Roman „Ein Winter im Alten Europa" zusammenzuführen.

Der Flüchtling aus Schlesien baut nach dem zweiten Weltkrieg in Bayern ein altes Schlösschen wieder auf und vererbt es einem in Amerika lebenden Großneffen. Er sagt: „Nun sollen die aus der Neuen Welt kommen und zeigen, wie man es besser machen kann!"

Der Neffe kommt. Er erlebt mit seiner Familie – jeder auf andere Weise – das Alte Europa.

Nach dem Winter im Alten Europa sagt der Erbe: „Wir haben es anders gemacht, aber nicht besser!"

Margarete Barainsky wurde 1927 in Schlesien geboren. Sie stammt aus einer Musikerfamilie. 1945 flüchtete sie mit ihren Eltern aus Schlesien, 1947 heiratete sie in Berlin, 1954 musste sie mit ihrem Mann das damalige Ostberlin verlassen, 1971 zog die Autorin mit ihrer Familie nach Vlotho.

Margarete Barainsky
Ein Winter im Alten Europa

Verlag BOD, Norderstedt.

Alle Rechte vorbehalten.
Copyright © 2017.
Margarete Barainsky, Vlotho.
Titelbild:.
Herstellung und Verlag:
BoD - Books On Demand, Norderstedt.
ISBN 9783743112001

Der Tankwagen fuhr langsam auf dem holperigen Weg durch die Einfahrt in den Schlosshof. Kevin stand, die Hände tief in den Taschen seines Anoraks vergraben, auf dem Hof und beobachtete das Gefährt. Der Fahrer entstieg dem Wagen und grüßte, indem er zwei Finger an die Mütze legte und freundlich „guten Tag, Mister!" sagte. Kevin nickte und meinte, dass der Tank vollgefüllt werden müsse, da es hier, mitten im Wald, sicher sehr kalt im Winter sein würde. Der Fahrer nickte bestätigend. „Es gibt bestimmt wieder viel Schnee. Wir haben immer viel Schnee. Es ist hier sicher kälter als in Amerika!" „Kommt darauf an, wo in Amerika!", antwortete Kevin in einwandfreiem Deutsch.
Während das Öl in den Tank lief, schaute sich der Fahrer um und meinte anerkennend, dass der Vorbesitzer aus dem alten verfallenen Schlösschen ein tolles Haus errichtet habe. Er war sehr gesprächig. Außerdem wollte er etwas über den „Neuen" erfahren, denn alle seine Kunden würden von ihm etwas über den Amerikaner wissen wollen. Er hatte deshalb seine Fahrt extra bei dem Schlösschen begonnen.

Er ahnte, dass auch der Amerikaner etwas wissen wollte - über das Haus, den Ort und den Vorbesitzer, obwohl er doch mit dem verwandt sein soll. Genau wusste das aber niemand. Der verstorbene Herr Barteck, kein gebürtiger Bayer, hatte nie Besuch aus Amerika bekommen; solch ein Besuch wäre aufgefallen. Aber es wird schon kein Geheimnis dahinter stecken.

Der Tankwagenfahrer beschloss, einfach zu erzählen, und zwar so, dass der Amerikaner antworten musste! „Das Haus hätten Sie vor zwanzig Jahren sehen sollen! Da sah es noch nicht so schön aus wie heute, doch es war schon bewohnbar. Darauf kam es dem Herrn Barteck an, zumal er Flüchtling war. Fast ganz allein hat er an dem Haus gebaut, über Jahre hinweg. Manchmal kam ihm ein Fachmann, ein Zimmermann oder ein Maurer zu Hilfe. Gelegentlich beschäftigte er auch gern junge Leute, er hatte einen guten Draht zu ihnen. Als er dann mit seiner Frau einzog, Kinder hatten sie keine, da kamen alle, die ihm geholfen hatten, in den Hof, und es wurde fröhlich gefeiert. Der alte Bürgermeister war auch dabei. Der hatte sich ja dafür eingesetzt, dass der Herr Barteck für einen erschwinglichen Preis, den er in Raten zahlen sollte, das Schloss übernehmen konnte, das der Gemeinde gehörte. Es verfiel immer mehr, und für die Nutzung als Schule oder Kindergarten lag es zu weit vom Dorf entfernt. Hier freundete sich niemand mit dem Gedanken an, die Ruine auszubauen und dann sogar darin zu wohnen. Aber als das Haus fertig war, da staunten alle, am meisten der neue

Bürgermeister. Dem war, nachdem das Haus so wunderschön aussah, eingefallen, dass er es doch für die Gemeinde hätte nutzen können."

Der Amerikaner hatte aufmerksam zugehört. Er wollte mehr erfahren, doch der Mann schwieg nun und schaute ihn erwartungsvoll an. Kevin verstand die Pause richtig und meinte, dass er sich vorstellen könne, dass dieses alte Haus, nun schön hergerichtet, Aufmerksamkeit erregt habe.

Kevin schwieg, doch der Mann war noch nicht zufrieden, und so fuhr er fort: „Der verstorbene Herr Barteck war der Bruder meines Großvaters. Ich heiße auch Barteck und habe das Schlösschen geerbt. Meine Familie ist nach Ende des Krieges nach Amerika ausgewandert, und wir hatten, so erzählte mein Vater, kaum noch Kontakt zu den Verwandten im Alten Europa."

Der Fahrer lachte und sagte, dass der Verstorbene kurz vor seinem Tod gesagt haben soll, dass nun jemand aus der „Neuen Welt" in das „Alte Europa" kommen und zeigen müsse, was man hier so alles besser machen könne.

Der Fahrer berichtete weiter, dass der Herr Barteck viele Freunde gehabt habe, alles angesehene Leute, wie der Lehrer, der Arzt aus dem Nachbarort und der alte Bürgermeister. Ja, dass sogar der alte Pfarrer zu den Schachabenden gekommen sei. „Die Leute mit den gleichen Interessen treffen sich halt immer, egal wo es sie hinverschlägt. Oft waren die Abende so lang, dass die Herren über Nacht blieben, besonders der Doktor, der nach dem Rotweingenuss wohl keine Autofahrt mehr wagen wollte."

Es entstand eine Pause in der für beide Seiten informativen Unterhaltung. Der Tankwart stellte die Ölzufuhr ab, drehte den Verschluss zu und bat Kevin, den Lieferschein zu unterschreiben. Der Amerikaner lud ihn ein, auf eine Tasse Tee mit hereinzukommen. „Einen Whiskey darf ich Ihnen ja nicht anbieten!", meinte er scherzend. Der Tankwart winkte ab, doch Kevin hatte den Eindruck, dass er nichts gegen einen Whiskey einzuwenden hätte. Kevin zog es vor, mit ihm eine Tasse Tee zu trinken - mit etwas Rum!

Der Amerikaner schaute dem Tankwagen nach, unter dessen Last die kleinen Äste, die der letzte Sturm von den Bäumen gerissen hatte, zermahlen wurden. Er schloss das schwere, schmiedeeiserne Tor und lächelte darüber, denn er wollte doch niemanden aussperren. Ein Blick noch über den Hof, dann betrat er die große Halle, die über zwei Geschoßhöhen reichte. Eine Treppe führte nach oben auf eine Empore, von der drei Schlafzimmer und zwei Bäder abgingen. Das Ganze wirkte großzügig und strahlte trotz seiner Größe und Höhe Wärme aus, Wärme, die anheimelnd wirkte. Sie kam nicht aus den Heizkörpern, sie war einfach vorhanden. „Atmosphäre", dachte er, „das Haus hat Atmosphäre, die kein noch so guter Architekt berechnen kann!"

Der Großonkel hatte verstanden, das Haus so zu gestalten, dass es dem Eintretenden Wohlbehagen vermittelte. Alle Räume waren mit robusten, aber keinesfalls plumpen Holzmöbeln ausgestattet. Kein Kunststoffteil stand herum, keine pflegeleichte, selbstreinigende Sitzgarnitur. Es waren keine kostbaren, antiken Stücke; falls solche einmal hier gestanden hatten, waren sie bestimmt mit dem Verfall des Hauses auch verrottet. Außerdem hätte der Großonkel damals wahrscheinlich nicht das Geld für solche Möbel gehabt. Die Teppiche allerdings waren kostbar, sicher viel später angeschafft. „Er war Bauingenieur", dachte Kevin, „alles ist solide, so wie man es vom Alten Europa erwartet!"

Kevin ging die Treppe hinauf. Immer wieder schaute er in die beiden eleganten Bäder. Die Schlafzimmer für die Kinder inspizierte er an diesem Morgen schon zum zweiten Mal. Er rätselte lange, ob er die alten Betten und schweren Schränke entfernen sollte, um bei der Ausstattung der Räume mit neuen Möbeln dem Geschmack der Kinder näherkommen zu können. Doch die kleine fünfjährige Eva hatte gefragt, ob sie in einem Himmelbett, wie es sie in alten, englischen Schlössern gibt, schlafen würde.

Eigentlich hatte Eva recht - hier war es so heimelig, und Möbel mit Stahlrohrbeinen würden zu diesen Räumen nicht passen. Allerdings würde Jack nicht auf seinen Computertisch und auf die Stereoanlage verzichten können, und Janny nicht auf den Fernseher.

Er fuhr sich mit der Hand durch das struppige, blonde Haar und schaute zum Fenster hinaus auf den im Winde wogenden Wald. Er bückte sich ein wenig, um nicht mit der holzverkleideten Dachschräge in Berührung zu kommen. „Es ist einfach schön hier!", stellte er wiederholt fest, „einfach schön!" In Gedanken wiederholte er die Worte der kleinen Tochter: „In englischen Schlössern". Die Kinder sahen Filme, die geheimnisvoll und gruselig waren, die von alten Schlössern, möglichst mit Gespenstern, berichteten. Es erging den Kindern mit Europa wie dem Tankwart mit Amerika. Für sie war Europa ein Begriff. Ob das Schloss sich nun in England befand oder in Deutschland, interessierte sie nicht. Es schien für sie ohne Bedeutung zu sein, in welchem Land es stand. Genau so sprach der Tankwart von Amerika. Auch er dachte nicht über die Grenzen in Amerika nach, über die warmen Zonen und die kalten Länder. Amerika war ein Begriff!

Kevin war in Amerika geboren. Seine Eltern waren mit dem Großvater nach dem Krieg aus Deutschland ausgewandert. Die Eltern waren jung und hatten in dem fremden Land Fuß gefasst.
Kevin lächelte. Er dachte an die Erzählungen seiner Mutter, die ihrem Schwiegervater nicht wohlgesonnen war, da er sie stets und ständig erziehen, ihre Ansichten und Meinungen verbessern wollte. Er wollte die ganze Welt verbessern, doch anscheinend hatte er niemanden gefunden, der ihm Glauben geschenkt hätte. Außerdem hatte der Großvater, ein Lehrer, in Amerika nie einen Job gefunden. Schon das Wort „Job" war für seinen Berufsstand nicht vertretbar.

Resignierend hatte er nach zwei Jahren das Land wieder verlassen, um in seine „alte Heimat" zurückzukehren, wo sein Bruder, der nun verstorbene Barteck, in Bayern ansässig war. Der Großvater, nicht fähig, sich einzuordnen oder gar unterzuordnen, war kurz nach seiner Rückkehr in die „Heimat" verstorben.

Kevin konnte sich kaum noch an den Großvater erinnern, und seine Kinder würdigten dessen Bild in dem alten Album keines Blickes mehr - alles war Vergangenheit.

Nach der Schulzeit hatte Kevin Architektur studiert und auch Aussicht auf einen Job gehabt. Doch dann war er einem ehemaligen Kommilitonen, Anthony, begegnet, der die Immobilienfirma seines Vaters übernommen hatte. Bei einem Glas Whiskey waren sie ins Gespräch gekommen, und Anthony hatte nebenbei erwähnt, dass er jemanden brauche, der wichtige Objekte fachgerecht beurteilen könne. So war er in die Firma des Freundes eingestiegen. Eine hervorragende Zusammenarbeit war entstanden, und nach einigen Jahren wurde er Mitinhaber der Firma.

Dann hatte Kevin eine sehr ehrgeizige, hübsche Journalistin geheiratet, und die Familie wurde schnell größer. Jack war bereits zwölf Jahre alt, Janny zehn, und der Nachkömmling Eva, fünf. Die Kleine hielt alle in Trapp, und selbst ihre Mutter, Angela, versetzte sie mit ihren vielen Fragen in Erstaunen.

Ganz unvorbereitet war Kevin Besitzer eines in Europa gelegenen Schlosses geworden. Der Brief vom Anwalt hatte ihn total überrascht. Erst hatte er angenommen, mit dem Verkauf eines Hauses beauftragt zu werden. Immer wieder hatte er den Brief gelesen, um sich endlich überzeugen zu lassen, dass er ein Schloss geerbt hatte. „Wird schlimm aussehen, das alte Haus! Sicher eine Ruine, die du aufbauen sollst!", hatte seine Frau spöttisch vermutet.
Anthony hatte ihn gleich gefragt, ob er sein Erbe nicht veräußern wolle, doch er hatte geantwortet, dass er es erst einmal in Augenschein nehmen und vielleicht eine Weile darin wohnen wolle.

Schon einige Male war Kevin in England gewesen, um alte Bauten zu beurteilen, doch nie hatte ihn der Weg nach Deutschland geführt. Nun stand wieder eine Reise nach England an, und so war der Brief von dem Anwalt, so überraschend er auch war, zur rechten Zeit gekommen.
Er versicherte dem Freunde, dass er die Interessen ihrer Firma auch von Deutschland aus wahren, ja vielleicht sogar die Geschäfte auf ein weiteres Land erweitern könne.

Dieses Gespräch fiel ihm ein, als er nun die Treppe wieder hinunterging. Er war nicht abgeneigt, einige Monate, vielleicht auch Jahre, hierzubleiben.
Warum fühlte er sich hier so heimisch, obwohl doch alles ganz anders war als in seinem modernen Haus in Kalifornien? Er sah sich um in der großen Halle mit dem Kamin, in dem keine Gasflamme flackerte, sondern ein echtes Holzfeuer brannte. Alles war echt und solide. Um den Kamin herum standen in weitem Bogen bequeme Sessel, in der Mitte ein kleiner Holztisch zum Abstellen von Gläsern, auf dessen dicker Platte Brandflecken zu sehen waren. Selbst diese Flecken waren echt! Sicher waren sie einmal zum Ärgernis der Hausfrau durch versprühte Funken aus dem Kamin entstanden, oder waren von Rauchern verursacht worden. Links von dem gemütlichen Mittelpunkt des Raumes befand sich die Essecke, und dahinter lag die Küche. Sie war modern eingerichtet und mit allen Dingen, die eine Hausfrau benötigt, versehen. Sicher war der Herd hier öfter benutzt worden als die Mikrowelle. Rechts vom Kamin die Wand neben der Treppe war von Regalen verdeckt. Die Buchrücken waren keine Attrappen. Sie gehörten zu Büchern, die bestimmt einst alle einmal gelesen worden waren.
Der Fernseher neben dem Regal war offenbar nicht der Haupteinrichtungsgegenstand, sondern eher die Musikanlage. Der Plattenschrank war prall gefüllt mit vorwiegend klassischen Schallplatten, die meist älter als zwanzig Jahre waren. Große Namen prangten auf den Hüllen, die sicher nur noch wenigen Menschen bekannt waren. Am gestrigen

Abend hatte Kevin eine alte Aufnahme der Zauberflöte von den Salzburger Festspielen gehört. Er war so fasziniert gewesen, dass er sich schon jetzt auf den heutigen Abend freute, um bei einem Glas Rotwein wieder der Musik zu lauschen, die er bisher nur selten gehört hatte.
Sein Blick streifte die mächtige Standuhr, deren Pendel sich behäbig hin- und herbewegte, ohne Unterlass, aber auch ohne Eile. Der dunkle Glockenschlag zur vollen Stunde entzückte ihn, doch jetzt erinnerte er ihn an seine Pflichten. Er musste zum Supermarkt, um einzukaufen. Die Geschäftszeiten waren hier vermutlich anders als in Amerika, und am morgigen Sonntag würde er bestimmt nirgends etwas kaufen können.

Seine Gedankengänge wurden durch ein Klopfen an der Haustür unterbrochen. Er war erstaunt – mit Besuch hatte er in seinem neuen Zuhause noch nicht gerechnet.
Kevin öffnete; vor der Tür stand ein älterer Herr. Sie sahen einander fragend an, dann lachten beide. Der alte Mann reichte ihm die Hand und meinte freundlich: „Sie sind Herr Barteck junior! Ich heiße Sie herzlich im alten Europa willkommen! Ich bin Gustl Huber, der Lehrer, ein Freund Ihres verstorbenen Onkels."
Kevin bat den mittelgroßen, ergrauten, leicht untersetzten Mann ins Haus und gab seiner Freude Ausdruck, einen Freund seines Großonkels kennenzulernen. Auf seine Frage, woher er wisse, dass er hier im Haus sei, winkte der Mann ab: „Auch wir haben heute Öl bekommen!". Er lä-

chelte amüsiert: „Der Tankwart ist wie ein Tageblatt, nur schneller. Es braucht ja nichts gedruckt zu werden."
Der Besucher war zwar eingetreten, lehnte aber höflich ein Getränk ab. „Eigentlich bin ich nur gekommen, um Sie für Morgen nach der Kirche zum Mittagessen einzuladen."
Er erklärte Kevin, dass er ganz in der Nähe der Kirche wohne, seit seiner Pensionierung im Haus seines Sohnes, der auch Lehrer im Dorf sei, und dass er bereits einen elfjährigen Enkelsohn habe. Freundlich fuhr er fort, dass er Kevin über alles Wissenswerte gerne unterrichten und mit ihm auch das Grab des verstorbenen Herrn Barteck aufsuchen wolle. Er betonte nochmals, dass er ihm, wann immer er benötigt werde, gern zur Verfügung stehe. „Schließlich bin ich Pensionär, und Bewegung und Abwechslung sind mir stets willkommen!"
Er drückte dem Amerikaner kräftig die Hand und verließ das Haus. Kevins Angebot, ihn in seinem Mietwagen nach Hause zu fahren, lehnte er dankend ab: „Es sind nur gute zehn Minuten bis zum Dorf. Die Luft ist zwar recht scharf, aber es tut auch gut, ein Stück zu laufen."

Die Familie hatte Kevin freundlich an der Kirche willkommen geheißen. Kevin, der noch nie einer Familie in Trachtenkleidung begegnet war, dachte bei ihrem Anblick an eine sonntägliche Verkleidung. Gustl Huber und sein Sohn Alois trugen Lederhosen und Trachtenjacken und Hüte mit dicken Gamsbärten. Sogar der elfjährige Enkel trug schon einen Hut.

Nach dem Kirchgang tauschte die Frau des Hauses allerdings das wunderschöne Winterdirndl aus edlem Stoff gegen ein modernes, rotes Wollkleid. Sie war eine schicke, schlanke Erscheinung. Sie trug Granatschmuck, und die Hochfrisur brachte ihr schönes Haar voll zur Geltung. Die samtbraunen Augen schauten freundlich und hellwach. Der breitschultrige Mann und die temperamentvolle Frau waren ein schönes Paar. Kevin zog im Geheimen Vergleiche zu seiner Frau Angela und stellte sich die beiden als Freundinnen vor. Wäre das möglich? Frau Ina Huber stand die Trachtenmode genau so gut wie die moderne Kleidung. Er versuchte, sich Angela in einem Dirndl mit weitem Rock und tief ausgeschnittenem Dekolleté vorzustellen. Seine Gedankengänge wurden von Frau Inas Bitte, zu Tisch zu kommen, unterbrochen.

Nach einem kräftigen, wohlschmeckenden Mahl, wurde der Gast durch das Haus geführt. Er staunte, wie harmonisch sich in dem Bayernhaus Moderne und gediegene Einrichtung begegneten. Die große Wohnstube mit den Holzdielen und dem Kachelofen und auch das moderne Bad mit der Balkendecke waren ein Meisterstück an Gestaltung aus Holz, Glas und Textilien.

Bei einer Tasse Kaffee auf der Ofenbank fragte Frau Ina: „Wann wird Ihre Familie hier in unserem Dorf eintreffen?". Kevin antwortete, dass er sich bereits auf die Ankunft der Familie Ende nächster Woche vorbereite. „Ich bin schon gespannt auf die Augen der Kinder! Sie werden

zum ersten Mal mit dieser Welt, dem Alten Europa, konfrontiert. Der Aufenthalt hier und der Schulwechsel werden wahrscheinlich sehr interessant für sie sein."
Alois Huber nickte verständnisvoll und versprach, sich persönlich darum zu kümmern, dass die Kinder in seiner Schule gerecht und ihren Kenntnissen entsprechend in eine Klasse eingebunden werden. Kevin war erleichtert, denn gerade für die Umschulung hatte er große Schwierigkeiten befürchtet. „Wie Sie wissen, habe ich deutsche Eltern; die haben auf eine zweisprachige Erziehung bei mir, und später bei meinen Kindern, geachtet. Über diese Erziehung bin ich nun sehr froh, da sie große Vorteile bringt!"
Kevin erwähnte nicht, dass seine Frau glaubte, man brauche nicht Deutsch können, um sich in der Welt verständigen zu können. Die ehrgeizige Journalistin glaubte, im Alten Europa weit entfernt vom Weltgeschehen zu sein. Deshalb hatte sie diese Erbschaft nicht erfreut. Hier geschah ihrer Meinung nach nichts, was wert wäre, in Kalifornien berichtet zu werden. Kevin sah Schwierigkeiten auf sich zukommen.
Die Familie Huber und ihr Gast unterhielten sich angeregt, und zwischen ihnen schwebte ein unsichtbares Band der Sympathie und des Verstehens. Sie redeten über die Kinder und deren Erziehung, was den jüngsten Huber veranlasste, sich zurückzuziehen. Solche Unterhaltungen verliefen oft peinlich, und als Sohn und Enkel von Lehrern wurde er öfter mit diesem Thema konfrontiert. Kevin hatte Verständnis für den Jungen und fragte: „Was tut er jetzt?

Trifft er sich mit Freunden?" Lachend schüttelte Frau Ina den Kopf. „Peter sitzt jetzt am Computer. Und ist es nicht der Computer, dann ist es das Fernsehen, was sich bei uns allerdings in Grenzen hält! Viele Sendungen sind aber auch recht nützlich für den Unterricht und die Allgemeinbildung überhaupt!" „Ja, Jack sitzt auch viel am Computer; ich überlege, wo Platz dafür in seinem Zimmer ist. Übrigens, das Fernsehen habe ich schon ausprobiert, und ich bin erstaunt, dass sehr viele Werbungen in englischer Sprache gesendet werden!" Verärgert reagierte Gustl Huber und meinte, dass es ja auch zu einfach wäre, wenn jeder Depp gleich verstehen würde, was gemeint ist.
Nach einem unterhaltsamen, aufschlussreichen und harmonischen Nachmittag verabschiedete sich Kevin und war erstaunt, dass der jüngste Huber an die Haustür kam, um den Gast mit zu verabschieden. Peter fragte, ob er die Kinder aus Amerika auch bald besuchen dürfe.

Gustl, der Senior, begleitete Kevin auf dem Rückweg, da dieser zu Fuß ins Dorf gekommen war. Kevin sprach die Hoffnung aus, nun auch bald die anderen Freunde seines Großonkels kennenzulernen. Sein Begleiter zuckte bedauernd die Schultern. „Ich war der Jüngste und bin der einzige Überlebende aus dem damaligen Freundeskreis. Der Pfarrer lebt auch noch, aber er ist in einem Stift, einige Kilometer von hier entfernt. Er ist inzwischen hoch in die Neunzig und kaum noch ansprechbar - eigentlich betet er nur noch!"

„Ach", sagte Kevin, „mein Großonkel war Anfang 80, als er starb. Ihren Worten entnehme ich, dass der Arzt aus dem Nachbardorf auch schon verstorben ist!". Gustl Huber schien dieses Thema nicht so recht zu gefallen, und er versprach, in den nächsten Tagen im Schlösschen vorbeizukommen, um über seine beiden Freunde, den Arzt und den alten Herrn Barteck, zu berichten. Beim Abschied bedankte Kevin sich für den unterhaltsamen Nachmittag: „Ich würde mich sehr freuen, Sie und Ihre Familie auch bald in meinem Haus begrüßen zu können." Herr Huber meinte, dass im Winter sicher viel Zeit für Besuche sein würde.

Beim Betreten seines Hauses empfand Kevin wieder die Geborgenheit. Der Nachmittag hatte ihm gut gefallen; er hatte nicht erwartet, wie ein Freund aufgenommen zu werden. Sein Großonkel war hier anscheinend sehr beliebt gewesen.
Kevin konnte seinen Gedanken nicht weiter nachgehen, das Telefon läutete. Angela war am Apparat und sagte missgelaunt: „Ich habe dich bis jetzt nicht erreichen können. Wo bist du gewesen?"
Kevin überhörte den Missklang in ihrer Stimme. Er war zu froh gestimmt, um darauf einzugehen, und erklärte vergnügt: „Ich war eingeladen, von einem Freund des Großonkels, eigentlich von der Familie des Freundes, einer Lehrerfamilie! Ich habe bereits über die Umschulung der Kinder reden können. Sie werden hier schon voller Neugier erwartet!". Angela schien die frohe Botschaft nicht zu beeindrucken. Mürrisch teilte sie mit, dass sie mit den

Kindern am Mittwoch der nächsten Woche kommen werde und sogar bis Nürnberg fliegen könne. Sie gab die Ankunftszeit an und bat darum, abgeholt zu werden.
Sie schwieg eine Weile, dann meinte sie etwas netter, dass sich die Kinder sehr auf ihn freuen würden, und selbstverständlich auch sie. Danach beendete sie das Gespräch.
Ihr Missmut verdross Kevin nicht. Er wusste, dass seine Frau befürchtete, der Aufenthalt im Alten Europa könne ihrem beruflichen Werdegang schaden, da sie hier den Anschluss an das Weltgeschehen verpassen würde. Immer zwang er sich bei solchen Gesprächen zur Ruhe - sie solle doch erst einmal abwarten und dann in ihrer Zeitung in Amerika über den Neuanfang im Alten Europa berichten. Er beruhigte sie stets und sagte aufmunternd: „Wir sind doch dort nicht in Sibirien!". Weiter kam er nicht: „Sibirien wäre für die Leser hier vielleicht noch interessant! Man könnte da allerhand an Erlebnissen berichten und gestalten. Aber ich frage dich - was ist in Europa denn schon los?"
Trotz Angelas Abneigung, war Kevin immer noch davon überzeugt, dass seine Frau hier Freunde und auch genügend Stoff zum Berichten finden würde. Er glaubte, dass sie im Grunde voller Erwartung war, sonst wäre sie wohl nicht damit einverstanden gewesen, ihr Land mit der gesamten Familie für ein halbes Jahr zu verlassen. Sicher hatten zu diesem Entschluss die Kinder mehr beigetragen als er selbst, denn sie erhofften sich doch Abenteuer in dem alten Schloss, in dem sie wohnen würden. Keiner von

ihren Freunden hatte je in einem Schloss gewohnt, weit weg von Amerika!

Die ersten weißen Flocken wurden vom Wind gegen das Fenster getrieben. Im Kamin knisterte das Feuer. Von seinem Schreibtisch aus schaute Kevin auf den hellen, sich ständig verändernden Schein der Flammen. Es war ein Bild zum Träumen. Er wünschte sich die Familie herbei; sie sollte an dieser Idylle, an diesem wunderschönen Anblick teilhaben. Langsam erhob er sich und zündete sich eine Pfeife an. Er goss Whiskey in ein Glas und schaute wieder auf das Flockenspiel am Fenster. Ein Quietschton ließ ihn aufhorchen.
Ein Mann stieg von einem Fahrrad und eilte auf die Haustür zu. Den Hut voller Schnee, eine Tasche in der Hand, grüßte Gustl Huber den jungen Freund. „Nun können Sie mir einen Whiskey einschenken! Es ist hundekalt und schneit schon sehr früh heuer - alles zu Ihrer Begrüßung!"
Gustl nahm am Kamin Platz und rieb die Hände aneinander. „Wie früher", meinte er versonnen, „jetzt müsste die Anna mit einer Kanne Tee kommen und fragen, ob wir auch Rum dazu möchten. Jedes Mal hat sie das gefragt, und jedes Mal haben wir überlegt, um dann im Chor ‚Ja!' zu rufen." Er lachte vergnügt. Kevin reichte ihm das Glas. „Ich habe einen Gugelhupf für Ihre Familie zum Empfang mitgebracht. Ina hat ihn heute gebacken."
Kevin füllte nicht nur einmal die Gläser an diesem Abend. Der Raum wurde nur von dem lodernden Feuer erhellt, und aus den beiden Tabakspfeifen stieg Rauch auf. Gustl

erzählte lange. Manchmal war seine Stimme voller Wehmut, und manchmal lachte er still vor sich hin. Kevin lauschte und konnte sich alles, was sein Gast erzählte, vorstellen, als hätte er es miterlebt.

„Wir trafen uns regelmäßig hier, manchmal sogar zweimal in der Woche. Wir fünf Männer waren ja alle Pensionäre oder Rentner und hatten Zeit, viel Zeit. Wir verlebten herrliche Stunden miteinander. Richtige Freunde waren aber nur wir drei, Ihr Großonkel Alfons, der Doktor und ich. Die Anna kam als einzige Frau dazu. Wenn sie uns bewirtet hatte, nahm sie ihr Strickzeug zur Hand und setzte sich an den Kamin. Oft lachte sie, wenn wir über die Karten schimpften, oder über ein Blatt entzückt waren, oder einen besonderen Zug beim Schachspiel verkündeten. Lesen konnte sie an diesen Abenden nicht, dazu war es zu unruhig. Ohne ihre Anwesenheit aber wären die Abende nicht so schön gewesen, sie hätte uns gefehlt!

Vor drei Jahren starb Anna. Inzwischen war alles anders geworden. Wir waren nur noch zu Dritt! Der Pfarrer befand sich schon im Stift, und der Bürgermeister war vor Gram gestorben. Er hatte vieles, was ihm nicht recht war, nicht verhindern können. Die Zeit war nicht stehen geblieben! Er wetterte gegen den Skilift, der dann doch gebaut wurde! ‚Wieder ein Nagel für meinen Sarg!', tobte er, und wir vermochten nicht, ihn zu trösten. Wir diskutierten und schimpften mit ihm, wir alten, dummen Rentner, die sowieso keinen Skilift mehr bestiegen!"

Gustl nahm einen kräftigen Schluck aus dem Glas, und Kevin zündete die beiden Kerzen an, die auf dem Holztisch mit der Platte voller Brandflecken standen.

„Die Anna war eine ganze Weile krank, sehr krank. Sie wollte es natürlich nicht wahrhaben, wie wir alle, wenn wir merken, dass die Kräfte schwinden. Alfons war sehr besorgt; er war hilflos! Der Doktor blieb nun öfter über Nacht, um in der Nähe der Kranken zu sein. Eine Krankenschwester, bereits im Ruhestand, sah täglich nach ihr, um sie zu waschen und ihr behilflich zu sein und darauf zu achten, dass sie ihre Medikamente einnahm. Anna wollte in kein Pflegeheim, und Alfons hätte das auch nie erlaubt. Außerdem gab er zu bedenken: ‚Ein gutes Pflegeheim kann ich nicht bezahlen, ohne das Haus zu verkaufen. Aber wer kauft denn solch ein großes Haus so weit vom Dorf entfernt?' Er litt unsäglich, und es war wie eine Erlösung für beide, als Anna starb.

Um Alfons von seinen traurigen Gedanken abzulenken, unternahmen wir auf Anraten des Doktors mit ihm Wanderungen und sogar Tagesausflüge. Anfangs schien es, als hätten unsere Bemühungen Erfolg, doch langsam, kaum merklich, nahmen seine Kräfte ab.

Eines Abends, als wir hier beisammen saßen und spielten, sagte er verbittert an den Doktor gewandt: ‚Du versprichst mir, Doktor, dass ich nicht mal so leiden muss wie meine Anna! Ich habe doch niemanden, der mich pflegen könnte. Ich will mich verabschieden, wenn ich noch alles, was ein Mensch tun muss, allein verrichten kann!' Der Doktor sagte nichts. Er nickte nur, kaum wahrnehmbar. Wir spielten weiter, doch wir vergaßen diese Worte nicht, wenn wir sie auch nicht mehr erwähnten!

Nun ja, als die Blätter von den Bäumen fielen und die ersten Herbststürme tobten, trafen wir uns wieder hier, wie an jedem Mittwoch und Samstag. Der Doktor hatte auch heute sein Köfferchen mit dem Nachtzeug mitgebracht. Alfons hatte im Gasthof ein wunderbares Essen bestellt, das der Wirt sogar pünktlich lieferte. Dort drüben am Esstisch saßen wir und tafelten lange. Wir tranken Wein und erzählten von alten Zeiten, von den Abenden draußen im Hof bei Fackelschein und Bowle, den Abenden im Winter am Kamin, der Weihnachtszeit mit all ihren schönen Dingen. Ich glaube, wir waren lange nicht mehr so locker und froh gewesen, wie an diesem Abend. Es ging hoch her, so dass auch ich mich nicht mehr auf den Weg nach Hause machte!"

Gustl schaute vor sich hin, so als erlebe er diesen Abend noch einmal. Kevin verhielt sich still. Er hatte den Erzählenden nie unterbrochen, er wollte erfahren, was an diesem Abend geschehen war. Er ahnte, dass etwas passiert war, das seinen Gast noch heute bewegte und dieser eine Pause der Erinnerung benötigte, um seine Erzählung dann fortzusetzen.

„Erst nach Mitternacht gingen wir zu Bett. Ich war schrecklich müde und schlief sofort ein. Der Abend war so heiter verlaufen, dass ich glaubte, die alten Zeiten, zwar ohne Anna, wären zurückgekehrt.

Es war am Morgen, so gegen sieben Uhr, als der Doktor plötzlich an meinem Bett stand. Ich hatte ihn nicht ins

Zimmer kommen gehört. Seine Stimme klang wie aus weiter Ferne: ‚Alfons ist tot! Er hat es geschafft!'. Ich starrte ihn an. Ich war nicht in der Lage, mich zu bewegen, ich begriff seine Worte nicht. Er sank auf den Bettrand, und die Tränen liefen ihm die Wangen hinunter. Es verging eine ganze Weile, bis ich fragte, was denn geschehen sei, wie denn so etwas nach solch einem schönen Abend passieren könne. Plötzlich brach es aus mir heraus. Ich stellte dem Doktor tausend Fragen, die er alle nur mit einem Satz beantwortete: ‚Das Herz! Das Herz hat in einem Moment versagt, als es dem Alfons willkommen war!'"

Kevin atmete schwer. Das Feuer brannte ruhig, kein Knistern war zu hören. Nach einer längeren Pause sagte Gustl Huber abschließend: „Die Anwesenheit bei Alfons Tod hat den Doktor sehr mitgenommen. Ich bin ihm bei der Beerdigung zum letzten Mal begegnet. Er starb wenige Wochen nach unserem gemeinsamen Freund!"

Gustl strich sich mit der Hand über den Kopf, als wolle er diese Gedanken vertreiben. Kevin hatte den Bericht anfangs nur interessiert, dann recht beeindruckt verfolgt, und nun war er zutiefst erschüttert über das Ende der beiden Freunde.

Der alte Lehrer schaute zur Uhr. „Ich werde den Alois anrufen. Jetzt muss er von seinem Sportabend kommen, so kann er mich gleich abholen. Nach dem Whiskeygenuss möchte ich nun doch nicht mehr fahren oder laufen."

*

Kevin sah die große, schlanke Gestalt seiner Frau zwischen den Fluggästen; die blonden Haare glänzten im Licht der Neonröhren. Auch sie hatte ihn entdeckt und winkte ihm zu. Sie hielt die kleine Eva an der Hand, deren Näschen aus der Kapuze hervorlugte. Die beiden „Ältesten" schauten sich neugierig um.
Endlich hielt er sie in den Armen. Er küsste Angela, und die Großen hingen sich an seine Arme und jubelten: „Hallo Dad!". Müde sahen sie alle aus, und die Kleine schlief sofort im Auto ein.
Der Tag war kalt und sonnig, der Raureif glänzte auf allen Ästen und Zweigen, ein Winterbild, wie es schöner nicht sein konnte. Immer wieder wies Kevin auf die Schönheiten hin, doch sie waren alle zu erschöpft und müde und achteten kaum auf das Winterbild.
„Ich glaube, wir sind doch in Sibirien!", sagte Angela zynisch, „wir sind schon lange nicht mehr durch ein Dorf gefahren!" „In zwanzig Minuten sind wir am Ziel!" Im Ort wies Kevin auf das Haus des Lehrers hin. „Die Häuser hier sehen schön aus", meinte Janny müde.
Er bog in den verschneiten Waldweg ein. Es hätte nur noch ein Mann mit rotem Mantel und roter Mütze zu erscheinen brauchen, dann wäre das Weihnachtsbild perfekt gewesen.
Beim Verlassen des Autos schienen die beiden Großen wieder hellwach zu sein, nur Evi schlief weiter auf Kevins

Arm. „Ist ja cool! Etwas klein für ein Schloss, aber cool!", murmelte Jack, und Erstaunen schwang in seiner Stimme. Beim Betreten des Hauses sprach keiner, sie schauten und schauten, bis Jack schließlich sagte: „Wirklich annehmbar, das alte Europa! Eben ein wenig alt. Ich habe es mir ganz anders vorgestellt. Hier drinnen sieht es eigentlich ganz gut aus. Muss ich mir morgen, wenn ich ausgeschlafen bin, näher ansehen!"

Beim Abendessen fand das Bauernbrot, am Morgen frisch in der Dorfbäckerei gebacken, besonderen Anklang mit seiner knusprigen Kruste. Der Kuchen, extra zum Empfang der Familie von Dads neuen Freunden gebacken, begeisterte sie sehr.

Nach dem Essen fielen die Kinder todmüde in die Betten. Für Evi hatte Kevin ein Kinderbett in Jannys Schlafzimmer aufstellen lassen. Sie würde sich am Morgen besser zurechtfinden, wenn sie die Schwester sah. Außerdem war kein weiteres Schlafzimmer mehr vorhanden.

Kevin vermochte nicht zu erkennen, ob Angela begeistert oder enttäuscht war, doch er bemerkte mit Freude, dass sie dem Haus, der rustikalen Einrichtung, zumindest nicht abweisend gegenüberstand. Sie verhielt sich abwartend. Was hatte sie erwartet? Ein altes, baufälliges Haus, oder ein Märchenschloss? Wohl eher ein baufälliges Haus! Er fragte nicht danach, er wollte ihr Zeit lassen, die vielen Eindrücke auf sich wirken zu lassen.

Am nächsten Morgen ging Kevin als Erster ins Bad. In der Küche kochte er dann Kaffee, Tee und Eier, deckte den

Frühstückstisch und empfing die Kinder, die vergnügt die Treppe heruntertrabten, mit einem fröhlichen „Hallo!".
Evi hob er in die Höhe und fragte, ob sie gut geschlafen habe. Sie nickte und schaute sich neugierig um. Er ging mit ihr zum Fenster und wies auf die hohen Bäume, den Wald rundherum, und den Raureif auf den Ästen. Sie staunte und fragte, ob der Wald riesig sei, und ob es darinnen auch Rehe gäbe. Fröhlich sagte sie, dass sie nun Alice im Wunderland wäre!
Jack wies auf die Asche im Kamin. „Musst du das hier alles selbst wegräumen, oder kommt eine Hilfe ins Haus?" Angela brauste auf: „Die Asche räume ich nicht weg! Überhaupt, warum lässt du kein Gas in den Kamin legen? Dann hätten wir nicht diesen Schmutz im Haus!"
Kevin konnte auf diese Frage nicht antworten. Er erwähnte auch nicht, dass das Haus keinen Gasanschluss hatte, sondern meinte, dass sie am Abend sehen werde, wieviel schöner und wärmer ein richtiges Holzfeuer sei. „Wenn auch nicht so bequem und selbstreinigend", fügte er sarkastisch hinzu. War die gute Stimmung schon am Morgen gefährdet?
Kevin bat an den Frühstückstisch, und Janny fragte erwartungsvoll, ob denn am heutigen Abend ein richtiges Feuer gemacht werde. Liebevoll schloss er sie in den Arm. „Ja, es wird ein richtiges Feuer gemacht, und wenn du willst, kannst du dazu wunderschöne Musik hören. Gleich nach dem Frühstück fahren wir ins Dorf, sobald Frau Mayer hier ist, die uns im Haushalt helfen wird."

Frau Mayer, schon Haushaltshilfe bei den verstorbenen Bartecks, kam pünktlich und begrüßte die Familie erfreut. Sie sagte, dass sie alle Räume aufräumen werde und erkundigte sich bei Kevin, ob sie etwas für das Mittagessen vorbereiten solle. „Ja, Kartoffelbrei und Kraut nach bayerischer Art! Ich bringe dazu vom Fleischer die Würstchen mit.". „Warum nimmst du keine Kartoffeln aus der Dose?", fragte Evi die freundliche Frau Mayer. Die lachte herzlich. Genau so hatte sie sich „die Amerikaner" vorgestellt. Sie nahm die Kleine auf den Arm und zeigte hinaus in den Garten. „Da, siehst du den Garten? Wir haben hier alle einen Garten oder sogar ein Feld, auf dem wir Kartoffeln und auch Gemüse anbauen. Wenn der Winter vorbei ist, kommst du mit mir in meinen Garten, und ich zeige dir alles, was dort wächst. Vielleicht möchtest du selbst einen kleinen Strauch pflanzen, an dem später einmal Himbeeren wachsen?!" Das kleine Mädchen war total begeistert und wäre am liebsten bei der netten Frau im Haus geblieben, doch der Dad hatte versprochen, mit ihnen in ein Autohaus zu fahren. Er wollte den Leihwagen abgeben und einen „Kombi" kaufen.

„Kartoffeln aus der Dose!", flüsterte Frau Mayer und sah der Familie, die ihr sehr gut gefiel, kopfschüttelnd nach! Natürlich gab es hier auch Kartoffeln aus der Dose, aber wer im Dorf kaufte die denn schon? Niemand! Hier wurden die Kartoffeln noch selbst geschält, sie kamen frisch auf den Tisch. Sie erteilte den Eltern der Kinder gedanklich eine Rüge. Sie hätten ihnen doch längst zeigen müssen, wo Kartoffeln wachsen. Man wird ja in Amerika nicht nur Ananas ernten! Frau Mayer beschloss, den nächsten Urlaub in Kalifornien zu verbringen, seufzte aber sogleich verzichtend: „Die Zeiten sind zu schlecht, um das Geld für solch einen teuren Urlaub auszugeben, denn erst mal muss der Zaun in Ordnung gebracht werden. Und der Maxl würde bestimmt fragen, ob ich ganz und gar den Verstand verloren habe!"

Den Abend verbrachte die Familie am Kamin, und jedes Mal, wenn ein Knistern zu hören war, schlug Evi vor Entzücken die Händchen zusammen und meinte, dass die kleinen Feuermännchen diese Geräusche machen würden. Sie saß auf einem Fell und schaute fasziniert in die Flammen.
Evi ging an diesem Abend nur ungern ins Bett. Die älteren Geschwister gingen aber auch in ihre Zimmer, da sie am nächsten Morgen bei Dads Freund, dem Lehrer, vorsprechen sollten. „Ich nehme euch mit bis zur Schule, dort werdet ihr Herrn Huber, euren Lehrer, treffen. Er wird euch dann den Weg zurück nach Hause zeigen. Hier im Wald könnt ihr euch nicht verlaufen, da es nur ein kurzes Stück bis zum Haus ist. Ich fahre nach Nürnberg. Ich hätte euch alle gern mitgenommen, aber wir haben ja noch viel Zeit, die alten schönen Städte aufzusuchen!"
Als die Kinder gegangen waren, verweilten Angela und Kevin noch vor dem Feuer, und er füllte erneut die Gläser mit rotem Wein. Zufrieden lehnte sich Angela im Sessel zurück. Ihre Blicke durchwanderten den großen Raum, der ihr immer besser gefiel. Erfreut horchte Kevin auf, als sie

begann, über das Haus zu reden, und schließlich fragte: „Hast du schon etwas über deinen Großonkel erfahren? Weißt du, wie er hier gelebt hat? Sein Freund hat dich doch bereits besucht!" „Von diesem Freund habe ich viel erfahren. Er war der Jüngste im Bunde der Drei."
Kevin erzählte nun von den Verwandten, aber bald sprach er nur noch vom letzten Tag des Verstorbenen. Je länger er berichtete, um so aufmerksamer lauschte Angela. Schließlich, als er von dem Gespräch in der Nacht am Bett des Lehrers erzählte, fragte sie: „Mord? Denkst du an Mord?" Abwehrend schüttelte er den Kopf und sagte, dass der Lehrer fest davon überzeugt sei, der Großonkel sei an Schwäche, an Herzversagen gestorben, so wie der Arzt es gesagt hat. „Aber könnte es nicht sein, dass der Onkel den Freund beim Wort genommen hat und ihn gebeten hat, ihm zu helfen, damit er nicht wie seine Frau leiden muss? Schließlich hatte er auch niemanden, der sich hätte um ihn kümmern können. Er wäre dazu verurteilt gewesen, im Pflegeheim auf den Tod zu warten."
Nachdenklich schaute Kevin in sein Glas. Die Farbe des Weines war tiefrot. Er versuchte, sich den letzten Abend der drei Freunde vorzustellen. Angelas Worte hatten ihn aufhorchen lassen.
Hatte der Lehrer etwas verschwiegen? Aber warum hatte er ihm dann so ausführlich vom letzten Tag erzählt? Hatte er etwas überhört? Versonnen sah er in die Flammen, als könnte er von ihnen etwas erfahren. Er dachte: „Wie oft werden sie hier gesessen und erzählt haben? Gibt es wirk-

lich ein Geheimnis?" Er wandte sich an Angela: „Nein, ich glaube nicht, dass damals etwas Unrechtes geschehen ist. Überlege, dass der Arzt kurz danach auch gestorben ist! Ich glaube eher, dass er seinem Leben ein Ende gesetzt hat, da er sich verlassen und einsam fühlte."

Mit großem Hallo fuhr Kevin mit Jack und Janny vom Hof. Angela winkte ihnen nach. Evi war in der Küche bei Frau Mayer, die sie inzwischen „Tante Resi" nannte. Frau Mayer wusste viel zu erzählen. Sie hatte der Kleinen versprochen, sie nachher mit zum Einkaufen zu nehmen und ihr die Schule zu zeigen, in die nun ihre Geschwister gingen.

Nie war es in diesem Haus so lebhaft zugegangen. Kinderlachen und Geschrei, schnelles Laufen die Treppe hinauf und hinunter. Nun aber war es still, nichts schien sich zu rühren.

Vereinzelt fielen ein paar Flocken vom Himmel, die vor den Fenstern tanzten. Angela hielt eine große Tasse mit starkem Kaffee in der Hand und ließ sich am Schreibtisch vor den Bücherregalen nieder. Zufrieden betrachtete sie ihren Computer. Er würde ihr ermöglichen, die Geschichte, die sie während Kevins Bericht in Gedanken schon geschrieben hatte, auf schnellstem Wege an den Chefredakteur ihrer Zeitung zu senden. Anrührend und gefühlvoll musste sie sein! Aber auch spannend! Angela würde nicht von politischen Skandalen berichten, sondern von einem unbekannten, geheimnisvollen Leben im Alten Europa.

Ihr selbst lief ein Schauer den Rücken hinunter, als sie ihre Version der Geschichte dieses Hauses schrieb.

„Ich schaute mich um in dem alten Gebäude, das ich von einem Großonkel in Europa, dem ich nie begegnet bin, geerbt habe.

Natürlich war ich zuerst erstaunt gewesen, als mich zu Hause in Kalifornien der Notar, in dessen Händen sich das Testament befand, von dem Erbe unterrichtete.

Als Kind hatten mir meine Eltern erzählt, dass mein Vater mit seinen Eltern nach dem großen Krieg in Europa nach Amerika ausgewandert war. Mein Vater war zu jener Zeit noch ein kleiner Junge gewesen. Seine Eltern sprachen auch in Kalifornien weiterhin mit ihm Deutsch. Sie achteten darauf, dass er diese Sprache so gut wie sie selbst beherrschte. Und so hatte ich das Glück, als deren Enkeltochter auch die deutsche Sprache lernen zu müssen.

Wie gut! Dankbar dachte ich an meine Großeltern, als mich heute der Notar auf dem Flugplatz abholte und mir einen ganzen Packen Papiere überreichte. Er sprach zwar Englisch, aber ich verstand ihn in seiner Sprache besser. Er war ein charmanter Mann, nicht mehr jung aber äußerst attraktiv! Gut gelaunt sagte er: ‚Ich habe Sie sofort erkannt – die langen blonden Haare, die Kleidung, sogar Ihr Gepäck waren für mich einfach amerikanisch.'

Der Notar hatte um meinen Besuch in Deutschland in einem kleinen Dorf in Bayern gebeten, damit ich mein Erbe

besichtigen konnte, bevor ich es vielleicht ungesehen verkaufen würde.
Er hatte alles was nötig war, für meine Reise vorbereitet. Er bedauerte, mich nicht in das Schlösschen begleiten zu können, da er einen Termin bei Gericht habe. ‚Aber', sagte er, ‚ich war gestern mit meiner Frau und einer Putzhilfe draußen. Wir haben ein wenig Ordnung gemacht. Meine Frau hatte Bettzeug gekauft, und so konnten wir für Sie ein gemütliches Zimmer herrichten. Erschrecken Sie nicht beim ersten Hinsehen in dem Schlösschen. Es ist zwar alt und ein wenig verfallen, aber voller Romantik und wertvoller Dinge, wie ich glaube.'
Er gab mir noch seine Karte und meinte, dass ich ihn ständig, bei Tag und bei Nacht, erreichen könne und er immer für mich da sei. Er händigte mir eine Fahrkarte aus, rief ein Taxi, das mich zum Bahnhof fahren sollte, und empfahl, mir am Zielbahnhof wieder ein Taxi zu nehmen, damit ich bestimmt am richtigen Ort ankäme. ‚Sagen Sie dem Taxifahrer, dass er Sie zum Waldschlösschen fahren soll. Jeder weiß, wo das ist, denn eine Straßenbezeichnung dafür gibt es nicht.'

Der Taxifahrer war sehr nett und meinte, als ich mein Ziel nannte: ‚Sie wollen in das Schlösschen? Wir dachten immer, ein Mann hat es geerbt. Na denn! Aber wenn Sie mal was brauchen, Einkäufe erledigen oder so, hier ist meine Karte. Ich bin stets nach wenigen Minuten zur Stelle.'
Zwei Koffer und die große, rot glänzende Plastiktasche hatte er mir ins Haus getragen.

Nun stand ich da in meinem Schloss, umgeben von meinem modernen Gepäck. Staunend sah ich mich um, rührte mich nicht von der Stelle. Mich umgab Schweigen – nichts bewegte sich. Und trotzdem hatte ich das Gefühl, beobachtet zu werden.

Erschöpft sank ich in einen Sessel, der noch mit einem Schonbezug versehen war. Ich starrte auf ein verrußtes Loch in der steinernen Wand. Ein Kamin! Wann wird dort das letzte Feuer gebrannt haben? Es standen noch zwei Körbe voller Holz daneben. Rechts von dem Kamin ging eine Tür ab, und links führte eine alte, wunderschöne Holztreppe nach oben. Doch ich war nicht in der Lage, hinaufzugehen, in das gemütliche Zimmer, das für mich hergerichtet war. Ich klebte fest an meinem Sessel – ich fühlte mich einsam. Ich schaute nur umher. An den Wänden standen Bücherregale und ein großer Schrank. Beklommen fragte ich mich: ‚Was mag wohl hinter den Regalen sein? Eine geheime Tür vielleicht? Und was mag sich in dem Schrank befinden?' Etwas erleichtert dachte ich: ‚Vielleicht die wertvollen Dinge, die der Notar im Schlösschen vermutet?' Mein Blick fiel auf die hohen Fenster, auf die schweren Vorhänge, die an den Seiten angebracht waren. Sollte ich sie am Abend zuziehen, damit mich niemand sehen konnte? Oder damit ich niemanden sehen sollte? Plötzlich wurde mir kalt. Ein Schauer lief mir den Rücken hinunter. Mir war es noch nicht gelungen, die Schönheit, die Romantik zu entdecken.

Aus der rot glänzenden Tasche, die wie ein Fremdkörper in diesem Raum wirkte, nahm ich einige Packungen Kekse und Schokolade. Ich griff mechanisch danach, doch mir war es nicht möglich, etwas zu essen. Ich dachte nur: ‚Warum bin ich hierher gekommen? Was will ich eigentlich hier?' Alle meine Pläne, das Haus zu entdecken, die Gegend zu durchstreifen, die alten Städte zu besichtigen waren plötzlich in weite Ferne gerückt. Nur die Augen, die mich aus allen Ecken zu beobachten schienen, waren noch da!

Ich muss wohl in dem Sessel eingeschlafen sein. Ich wurde durch ein Klopfen an der Haustür aus meiner Betrachtung oder aus meinem Traum gerissen. Es war bereits dunkel, doch ich fand die Tür. Es war mir vollkommen gleich, wer da draußen klopfte, nur einen Menschen wollte ich sehen, jemand der lebte und mit mir reden würde.

Vor der Tür stand ein älterer Mann. Er zog den Hut, reichte mir freundlich die Hand und sagte: ‚Ich heiße Sie herzlich willkommen im Schlösschen. Ich bin Gustl Huber, der beste Freund Ihres verstorbenen Großonkels.' Obwohl ich froh war über den Besuch, reichte ich ihm nur zögernd die Hand und sagte verlegen: ‚Kommen Sie herein. Aber ich kann Ihnen nicht einmal eine Tasse Tee anbieten. Ich habe noch nicht eingekauft.' Er lachte und wies auf die große Tasche, die er mitgebracht hatte. Er meinte, dass er sich das gedacht und deshalb alles, was wir brauchen würden, eingekauft habe.

Ich atmete erleichtert auf. Die Herzlichkeit des alten Mannes, dem ich doch fremd war, tat mir wohl. Er kam herein.

Er bewegte sich so, als wäre er hier zu Hause. Er beschloss sofort, ein Feuer im Kamin zu machen, da die Abende doch schon recht kühl seien. Er legte Zeitungspapier in den Kamin, legte aus einem Korb Holzstückchen darauf und hielt ein Zündholz an den kleinen Stapel. Triumphierend sah er mich an, die ich staunend neben ihm stand, und sagte amüsiert: ‚Einen Gasanschluss für den Kamin brauchen Sie hier nicht zu suchen.'

Auf den kleinen Tisch vor dem Kamin stellte er all die Schätze, die er aus seiner Tasche holte: Eine Flasche Wein, ein knuspriges Brot, ein Stück Schinken. Dann ging er durch die Tür rechts neben dem Kamin und kam mit einem Holzbrettchen für das Brot und den Schinken, einem Messer und zwei schönen Kristallgläsern zurück. Erklärend sagte er: ‚In der Küche finden Sie alles, was Sie brauchen.'

Er öffnete die Weinflasche und füllte die Gläser, er schnitt einige Scheiben von dem Brot und von dem Schinken ab. Ich legte die Kekse und die Schokolade aus der roten Tasche dazu. Wir stießen auf meine Ankunft an und ließen es uns dann schmecken.

Plötzlich war alles ganz anders. Das Feuer erhellte den Raum, Wärme breitete sich aus, und bizarre Schatten tanzten fröhlich an der Decke. ‚Romantisch', dachte ich, ‚romantisch!'

Der Mann neben mir erzählte. Er redete mit ruhiger leiser Stimme. Er berichtete aus dem Leben seines Freundes, des Onkels, und von einem Arzt, der zum Freundeskreis gehört hatte, und von Anna, Onkels liebenswerter Frau, und von den Skat- und Schachabenden, von Annas Tod und des Onkels Einsamkeit.

Wie in einem Traum floss das Leben des Onkels und seiner Freunde an mir vorbei. Mein Besucher berichtete, dass der Arzt dem Onkel ein bedeutsames Versprechen gegeben haben soll, und erzählte von dem letzten Abend des Onkels im Kreise seiner Freunde. Er meinte: ‚Keiner vermag zu sagen, ob es der Wein war, dem wir reichlich zugesprochen hatten, oder ob Gift im Wein war, oder ob es ein natürliches Ende war, welches den Freund an diesem Abend ereilte. Es weiß aber auch niemand, woran der Doktor kurz danach verstorben ist. Alles war verschwommen, nicht greifbar. Ich kann mich kaum noch daran erinnern.'

Dann hörte ich nur noch das Knistern im Kamin, und vor meinen Augen sah ich den sterbenden Onkel und den Doktor mit einem Glas Wein daneben. Es war alles so still, so ruhig. Ich hatte keine Angst. Alles geschah in weiter Ferne.

Als ich aus tiefem Schlaf erwachte, war der Platz neben mir leer. War da nicht ein Mann gewesen, der mir vom Tod des Onkels erzählt hat? Nein, ich muss das alles nur geträumt haben, ermattet von dem langen Tag und der Zeitumstellung. Doch dann sah ich, ein wenig erhellt von den letzten Glutpunkten im Kamin, die beiden Gläser auf dem Tisch stehen, die leere Flasche und einige Scheiben Brot und Schinken – und die Kekse und die Schokolade aus der roten Tasche."

Zweimal las Angela das Manuskript. Sie nickte zufrieden und sandte es an den Chefredakteur. Einen Ausdruck legte sie in eine Mappe und trug ihn in ihr Schlafzimmer. Als sie wieder in den Ruhe und Behaglichkeit verbreitenden Raum herunterkam, beschloss sie, im zweiten Teil ihrer Geschichte ein altes, gruseliges Haus zu beschreiben.

Von draußen drangen Stimmen in den stillen Raum. Frau Mayer war mit Evi zurückgekommen. Angela schaute zum Fenster hinaus. Jack und Janny waren auch im Hof und ein älterer Herr mit einem Jungen, der sich freundschaftlich mit Janny unterhielt.

Angela öffnete die Haustür. Der alte Herr kam sofort auf sie zu und begrüßte sie galant; sie erwiderte seinen Gruß. Seine grauen Augen schauten freundlich. „Sie sind Herr Huber! Mein Mann hat mir von Ihnen und Ihrem Besuch hier im Haus erzählt." Da stand er nun, genau so wie sie ihn in ihrer Geschichte geschildert hatte - eine Vaterfigur, aber eine von Geheimnissen umwitterte.

„Ich hoffe, dass auch ich noch von Ihnen viel über das Haus erfahren werde. Solch alte Bauten üben auf uns Amerikaner eine besondere Anziehungskraft aus. Sie könnten von Generationen erzählen!"

Er winkte ab und meinte, dass da nicht so viel zu berichten sei, dass keine Sensationen geschehen wären und dass man hier ruhig und bescheiden leben würde. Dann stellte er seinen Enkelsohn Peter vor und meinte, dass der Peter gerne Jack und Janny in der ersten Zeit nach dem Unter-

richt nach Hause begleiten würde. Der Weg sei ja nicht so weit, und wenn man erst im Wald wäre, könne man das Haus ja schon sehen.
Beim Abschied gab Herr Huber der Hoffnung Ausdruck, dass man sich in der nun beginnenden Adventszeit öfter sehen würde. „Dann können die Kinder mit in unsere schöne Kirche gehen. Sie ist hell und freundlich, wie die meisten Kirchen in Bayern!"

Am Abend kam Kevin zurück und berichtete, dass die Gespräche mit den hiesigen Maklerfirmen sehr vielversprechend verlaufen seien. Er glaube, Anthony bald einige interessante Objekte anbieten zu können.
Kevin war nun täglich unterwegs, und Angela wartete sehnsüchtig auf ein Echo auf ihre erste Geschichte. Es kam! Der Chefredakteur bat um weitere Arbeiten, in denen die begonnene Spannung noch erhöht werden sollte.
Erfreut nahm sie die Nachricht auf. Ein tiefer Seufzer, die obligate Kaffeetasse in der Hand, setzte sie sich an den Computer - in dem Haus, das in ihrer Geschichte alt und verkommen war.

„Nach einer über Erwarten guten ersten Nacht in meiner neuen Umgebung, schaute ich mich nun erst einmal ganz bewusst in der großen Eingangshalle des Schlosses um. ‚Es muss wirklich früher sehr schön hier gewesen sein', dachte ich. Unter meinen Blicken schienen die alten Möbel und die getünchten Wände das Gesicht vergangener Zeiten anzunehmen.

Aus dem Kamin drang der Geruch von erkaltetem Ruß. Ich bückte mich, um die Kaminplatte zu schließen. Erst jetzt bemerkte ich, dass rund um die Kaminöffnung ein niedriges Gitter angebracht war. Natürlich war es total verrußt, so dass ich nichts erkennen konnte. Ich zog ein Päckchen Papiertaschentücher aus meiner rot glänzenden Kunststofftasche, die immer noch neben dem Kamintisch stand, und begann, den Ruß abzuwischen. Das war sehr mühsam! Meine Hände wurden schwarz, aber schließlich hatte ich die Rußschicht entfernt und konnte erkennen, wie kunstvoll geschmiedet dieses Kamingitter war. Immer eifriger arbeitete ich, bis ich ein ungefähr zehn Zentimeter langes Stück gereinigt hatte. Bewundernd betrachtete ich das Kunstwerk, das auch noch vergoldet war, und konnte nicht begreifen, wie man so etwas Kostbares vor ein loderndes, funkensprühendes Feuer setzen konnte.
Ich gönnte mir eine Weile Ruhe auf dem Sessel vor dem Kamin. Ich freute mich über meine erfolgreiche Arbeit, aber ich wollte sie jetzt nicht fortsetzen. Es würde zu lange dauern, das ganze Gitter zu säubern. Ich wollte doch endlich die Schätze, von denen der Notar gesprochen hatte, entdecken. Der Schrank, der groß und mächtig neben dem Fenster stand, lockte mich schon lange.
Vorsichtig öffnete ich die untere Tür, die sich leicht bewegen ließ. Ein wenig enttäuscht sah ich große Stapel von Tellern und Tassen, Terrinen und Platten, Schüsseln und Saucieren aus Porzellan. Behutsam nahm ich einen Teller von dem ersten Stapel. Er war mit roten und gelben Rosen bemalt und so schön, dass er ohne Zweifel ein edles Stück

sein musste. Mir fielen die Worte meiner Großmutter ein, die einmal gesagt hatte, dass in ihrem Lande kostbares Porzellan hergestellt wurde. ‚Meißener', hatte sie gesagt. Ja, das konnte nur Meißener Porzellan sein, und ich fragte mich, welchen Wert es wohl haben würde. Ich stellte den Teller zurück.

Anscheinend gab es hier aber noch mehr Kostbarkeiten. Ich betrachtete den Teppich, der eine große Fläche des Raumes bedeckte. Ich hob eine Ecke an, um zu sehen, aus welchem Land er kam. Ich fand zwar kein Herkunftsetikett, entdeckte dafür aber, dass auf dem Fußboden unter dem Teppich ein Mosaik sein könnte, denn Steinchen in Rot, Gold und Grün kamen zum Vorschein. Sie waren nicht verschmutzt, der Teppich hatte sie bedeckt und wohl auch geschützt.

Was stellte dieses Mosaik dar? Vergebens versuchte ich, den Teppich anzuheben, doch ich konnte ihn nicht bewegen. Er war zu schwer. Ich würde es nie alleine schaffen! Aber meine Neugier war geweckt.

Mein Blick folgte dem Sonnenstrahl, der ins Zimmer fiel. Da sah ich, dass neben dem Schrank, wie versteckt, ein Bild an der Wand hing. Natürlich war es kein Rembrandt oder sonst ein alter Meister, aber es war schön – faszinierend schön! Es stellte eine Wiese mit hellrotem, vom Wind leicht gebeugtem Mohn, dar. Bei genauer Betrachtung erkannte ich auf der linken Seite des Bildes ein Mädchengesicht, leicht vom Rasen bedeckt. Große wunderschöne Augen schienen mich direkt anzusehen. ‚Die Augen', sagte ich, ‚es sind die Augen, die mir seit meiner

Ankunft folgen. Herrliche, klare Augen, die nichts Böses ausstrahlen.' Ich atmete tief und lächelte dem schönen Gesicht zu.

Ich hatte lange dieses schöne Gemälde betrachtet und mich gefragt, wer wohl der Maler gewesen sein mag. Das Bild schien noch nicht alt zu sein. Vielleicht hatte es ein einheimischer Künstler gemalt. Vielleicht lebte er noch. Auch hatte ich mich gewundert, dass hier im Schloss nur ein einziges Bild hängen sollte, und dies so verborgen, als solle es niemand sehen. Das konnte doch nicht sein! Ich wollte mir die Wände genau ansehen, ob früher vielleicht einmal Bilder aufgehängt waren. Meter für Meter suchte ich die Wände nach Spuren ab, und ich fand welche: Große helle Flecken, umgeben von einem Staubrand! Hier mussten Bilder gehangen haben. Neun an der Zahl!

Doch weshalb waren keine mehr vorhanden, außer dem kleinen Gemälde an der Wand neben dem Schrank? Waren die anderen Bilder gestohlen worden? Was war geschehen? Ich musste mit den Leuten reden. Aber vielleicht fand ich Aufzeichnungen oder sogar eine Chronik, die mir von dem Schloss und dem Leben hier berichten kann.

Inzwischen war es dunkel geworden. Ich ging an das große Fenster und öffnete es. Wohltuend empfand ich die Abendluft. Rundum die hohen Bäume wirkten wie riesige Schatten, und über die Wiese hinter dem Haus zogen leichte helle Nebelschleier.

Versunken in den schönen Anblick erschreckte mich plötzlich ein grausiges Tiergeheul. ‚Ein Wolf', dachte ich, und ein Schauer des Entsetzens lief mir über den Rücken. Eilig schloss ich das Fenster und zog, ohne es eigentlich zu wollen, die Vorhänge zu. Auf dem Tisch vor dem Kamin stand eine Kerze, und mit zitternder Hand gelang es mir, sie anzuzünden. Erst flackerte sie unruhig, dann bewegte sich die Flamme kaum.

Ich setzte mich vor den Kamin und beruhigte mich eigentlich schnell, obwohl ich glaubte, das Heulen des Wolfes noch zu hören. ‚Glücklicherweise ist er weit weg von hier', dachte ich.

Ich war in Gedanken versunken. Allmählich wurde mir bewusst, dass dieses Haus etwas Kostbares war, und ich wünschte mir, mein Erbe erhalten zu können. Doch wie sollte ich das machen? Nicht alle Zimmer waren bewohnbar. Die Renovierungskosten würde ich nie aufbringen können. Es musste einen Weg geben, das Schloss zu erhalten und vor allen Dingen, es zu behalten."

*

„Ich hoffe, dass es mir gelungen ist, die Spannung zu erhöhen", dachte Angela. Sie sah das Manuskript noch einmal auf Fehler durch und schickte es dann per Email an ihren Chefredakteur. Auch diese zweite Geschichte druckte sie aus und legte sie in die Mappe in ihrem Schlafzimmer zur ersten Geschichte. Sie war zufrieden, doch wollte sie vorerst nicht mit Kevin darüber reden. Sie wusste, dass er diese Art von „Berichterstattung" nicht gutheißen würde, da dies seines Erachtens nichts mehr mit Journalismus zu tun hatte.

„Kevin hat ja recht", gestand Angela sich ein, „es handelt sich hier nicht um einen wahrheitsgetreuen Bericht sondern um eine gut ausgeschmückte Geschichte. Aber genau das will man ja von mir!" Angela ging zurück ins Wohnzimmer. Sie war nachdenklich geworden: „Was soll dieser Geschichte eigentlich folgen, um die Spannung noch weiter zu erhöhen? Schließlich finden wir das erwartete Skelett im Keller!? Habe ich mich vielleicht doch zu weit vorgewagt?"

*

Beim Mittagessen teilte Alois Huber zum ersten Mal seine Bedenken über Jacks Verhalten in der Schule mit. Er hatte den Jungen beobachtet, und es war ihm nicht entgangen, wie missachtend er den Mitschülern begegnete. „Er glaubt, die Großmacht Amerika vertreten zu müssen. Er ist ein Angeber!" Gustl Huber nickte zustimmend. „Hast du mit ihm geredet? Schließlich ist er zum ersten Mal in einer Schule außerhalb seines Landes." „Ja, ich habe mit Jack gesprochen und ihm gesagt, dass er die anderen Schüler nicht so herablassend behandeln soll, zumal sie ihm in ihren Leistungen keinesfalls unterlegen sind. Im Gegenteil! Im Englischunterricht spielt er den Überlegenen, bemüht sich aber nicht, ausreichend Deutsch zu lernen." Nachdenklich meinte Frau Ina: „Ich schlage vor, dass wir die ganze Familie am Sonntag zum ersten Advent einladen. Wir wollen ihnen zeigen, dass wir ihnen freundschaftlich gegenüberstehen."

Sie redeten noch eine Weile über die Kinder der Bartecks und lobten Janny, die gute Fortschritte mache und auch bereit sei, sich anzuschließen. „Erfreulich ist auch, dass Peter und Janny jeden Nachmittag zusammen bei uns die Schulaufgaben erledigen, was sich auf Peters Leistungen im Englischunterricht und auf Jannys Leistungen im Deutschunterricht positiv auswirkt."

Am Nachmittag ging Ina, Peter an ihrer Seite, zu den Bartecks, um die Einladung für den Sonntag zu überbringen. Sie wollte Frau Barteck kennenlernen. Sie war ein wenig neugierig auf die Frau aus Amerika, die sie noch nicht zu Gesicht bekommen hatte und die ja eigentlich schon bei Hubers hätte vorbeischauen müssen.
Die beiden Frauen standen sich an der Haustür gegenüber, und sie schienen einander zu gefallen. Ina begrüßte die Frau aus Amerika herzlich: „Ich bin einfach neugierig! Ich möchte Sie endlich kennenlernen! Ich möchte Sie für den ersten Advent einladen!" Angela lächelte: „Wie schön, dass Sie gekommen sind. Ich freue mich, Sie kennenzulernen!" Sie forderte Ina und Peter auf, einzutreten.
War Angela verlegen, dass der Antrittsbesuch, den sie hätte machen müssen, von Ina ausging? Jedenfalls wusste sie eine eventuelle Verlegenheit, die Ina bezweifelte, gut zu verbergen.

Janny kam fröhlich die Treppe heruntergelaufen und begrüßte freundlich Peters Mutter, die sie ja bereits kannte. Dann verschwand sie mit Peter im Obergeschoß. Jack ließ sich nicht sehen und wurde auch nicht gerufen, um den Besuch zu begrüßen. Ina registrierte dies.

„Bitte, nehmen Sie doch Platz", sagte Angela. „Ich hätte Sie längst besuchen müssen." Das klang nicht wie eine Entschuldigung! Allerdings erklärte sie wie nebenbei: „Zur Zeit schreibe ich für meine Zeitung in Amerika. Ich will während des Aufenthaltes hier nicht den Kontakt zu meinem Verlag verlieren." Ohne großes Interesse fragte sie schließlich, ob Frau Huber auch berufstätig wäre. Die Antwort erregte ihre Neugier: „Ich arbeite in der Mode. Ich fahre jede Woche für drei Tage nach Nürnberg. Ansonsten kann man ja heute viele Dinge von zu Hause aus erledigen. Sie können mich gern einmal nach Nürnberg begleiten. Es ist interessant, und Sie lernen gleich kennen, was die deutsche Frau gerne trägt, wie sie sich kleidet. Die Trachtenmode ist sehr stark vertreten." Ina lächelte liebenswürdig. Angela sagte sogleich zu, sie zu begleiten. Ebenso erfreut zeigte sie sich nun über die Einladung für den Sonntag.

Unbemerkt von Ina hatte sich ihr ein kleines blondes Mädchen genähert und ergriff nun ihre Hand. Ina war überrascht: „Bist du die kleine Evi?" Das Kind schüttelte den Kopf, die blonden Locken wehten, und es sagte mit ernster Stimme: „Ich bin Alice im Wunderland! Ich kenne alle Rehe und Zwerge im Wald. Und wer bist du?"

Natürlich staunte Ina und überlegte, wer sie wohl sein könne, entschloss sich dann aber zu sagen, dass sie Peters Mutter sei. „Ich bin erstaunt, Alice im Wunderland kennenzulernen. Ich würde mich freuen, wenn du mich am Sonntag, wenn wir die erste Kerze am Adventskranz anzünden, besuchen kommst. Bring aber bitte deine Eltern und deine Geschwister mit." Die kleine Evi war hocherfreut, und ohne ihre Rolle zu verlassen, schaute sie später der netten neuen Tante winkend nach.

Angela war durch den Besuch von Ina Huber doch recht neugierig auf deren Familie und deren Haus geworden. Ina entsprach in keiner Weise den Vorstellungen, die sie von einer Frau auf dem Lande hatte. Sie war elegant und gewandt. Angela sah dem Besuch dort mit Freude und sehr interessiert entgegen.

Als Einziger in der Familie war Jack nicht begeistert, den Hubers einen Besuch abzustatten. Er fand den Peter Huber ein wenig albern, besonders dann, wenn er seinen komischen Hut aufgesetzt hatte. Spöttisch verzog Jack den Mund und meinte, dass ihm Lehrer stets auf die Nerven gingen und er sie nicht noch des Sonntags besuchen möchte. Kevin stimmte die Bemerkung seines Sohnes nachdenklich. Sollte er wieder, wie auch zu Hause in der Schule, über das Ziel hinausgeschossen haben? Er beschloss, den Lehrer demnächst einmal zu fragen, ob Jack sich gut in der Klasse eingelebt habe.

Die Familie Huber empfing den Besuch, die Amerikaner aus dem Waldschlösschen, mit großer Herzlichkeit. Kevin und Janny, die das gastliche Haus bereits kannten, nahmen gleich in der großen Wohnstube am Kachelofen Platz. Jack hielt sich auf seines Vaters Anraten mit Kritik und sonstigen unangebrachten Äußerungen zurück. Es fiel ihm schwer, nicht den Überlegenen zu spielen, der diese Familienidylle nur belächeln konnte. Zu seinem Erstaunen trug heute keiner der Männer Lederhosen, wie sonst alle Jungen und auch die Lehrer in der Schule. Natürlich waren ihm die komischen Hüte in der Garderobe aufgefallen, und er war geschickt dem warnenden Blick seines Vaters ausgewichen.

Der Kaffeetisch war bereits gedeckt und üppig mit Kerzen geschmückt. Der Kuchen und die vielen Plätzchen, mit Nüssen und Mandeln belegt, entzückten die kleine Evi besonders. Sie durfte auch die erste Kerze am Adventskranz, der mitten im Zimmer auf einem metallenen Ständer lag, anzünden. Sie war sich dieser Ehre bewusst und wurde dabei von ihrem Dad fotografiert.

Während der Kaffeestunde schlug Frau Ina vor, sich am Heiligen Abend vor der Messe in ihrem Haus zu treffen. „Gehen wir dann mit in die Kirche?" fragte Janny. „Wenn ihr wollt, sehr gerne", sagte Alois Huber, „ihr werdet erleben, wie stimmungsvoll eine solche Bergweihnacht ist."
Er wandte sich an Angela: „Wie wäre es, wenn Sie in unserer Schule im Englischunterricht über Weihnachten in Amerika erzählen würden? Die Schüler würde das sehr interessieren! Und wir würden auch gerne ein paar amerikanische Weihnachtslieder mit Ihnen singen." Angela

fragte geschmeichelt, ob der Lehrer ihr einen solchen Vortrag zutraue.
Jack war nicht begeistert, aber schließlich gefiel ihm die Idee eigentlich ganz gut. Da könnte er wieder den Überlegenen spielen.
„Weihnachten in den Bergen werden Sie ja nun kennenlernen, und ich glaube, dass es Ihnen gut gefallen wird."
„Bis Weihnachten ist aber noch sooooo lange", schmollte Evi. „Aber du brauchst doch nicht bis Weihnachten zu warten", tröstete Gustl sie. „Bis dahin machen wir bestimmt noch eine Schlittenfahrt zusammen", und an Kevin und Angela gewandt fuhr er fort: „Erkundigen Sie sich doch mal im Dorf, wann Schlittenfahrten angeboten werden. Meist fahren die zu einem Berggasthof zu einer Adventsfeier mit Hausmusik und Gesang. Und außerdem können Sie die köstlichsten Weihnachtsspezialitäten der bayrischen Küche dort probieren!"
Als sich am späten Abend die Familien freundschaftlich voneinander trennten, luden Kevin und Angela die Familie Huber spontan zu Silvester zu sich ins Schlösschen ein.

Der Schnee fiel in dichten Flocken vom Himmel. Evi schlug entzückt die Hände zusammen. „Nun ist bald Weihnachten!", jubelte sie. Sie war stolz darauf, dass auf dem kleinen Holztisch mit den Brandflecken nun ein Adventskranz lag, der genau so schön war, wie der bei der Familie Huber. Er hatte vier dicke rote Kerzen und war so groß, dass er den Tisch vollkommen bedeckte. Frau Resi Mayer hatte ihn mitgebracht. Sie war entsetzt gewesen, als sie die Lichterkette mit den kleinen, bunten, blinkenden Kerzen sah, die Jack rund um die eichene Eingangstür angebracht hatte. „Fehlt nur noch ein Kunststoffbaum ins Schlösschen! Das könnt ihr in Amerika machen, aber nicht hier! In den Wald passt das nicht! Hier muss richtige Tanne hin!" Ein Adventskranz aus Edeltanne, mit echten Kerzen darauf, musste ins Haus. Die Kinder sollten dann doch in Amerika erzählen, wie man hierzulande Weihnachten feiert.

Frau Mayer kam herein. „Komm Evi", sagte sie, „wir gehen das Vogelhäuschen aufstellen!" Die beiden gingen in den Schuppen und holten das Vogelhäuschen, das auf einem Gestell aus Birkenstämmchen angebracht war. Frau Mayer wollte, dass die Vögel genau wie bei den alten Bartecks ihr Futter erhielten. Evi-Alice fand das gut und beobachtete die Meisen und Amseln, die ihr Futter aus dem Häuschen holten.

Frau Mayer schnitt ein paar Zweige von der großen Tanne für Mams Schreibtisch. „Jetzt hole ich noch den großen Korb mit dem Christbaumschmuck vom Boden! Den packen wir aber erst am 24. aus, wenn wir den Baum schmücken!" Frau Resis Anordnungen wurden befolgt; sogar Jack widersetzte sich ihnen nicht.

Jack selbst würde mit Dad, ja vielleicht mit der ganzen Familie, tief in den Wald gehen, um einen besonders schönen Baum zu schlagen. Aber davon durfte noch niemand etwas wissen, es sollte eine Überraschung werden! Die Jungen aus seiner Klasse hatten ihm gezeigt, wo man unter Aufsicht des Försters seinen Baum selbst schlagen darf. Irgendwie war das, wenn auch ziemlich veraltet, doch auch sehr reizvoll!

Jack war seit dem Weihnachtsvortrag seiner Mutter den Mitschülern näher gekommen und war seit diesem Tag vergnügter. Alle hatten seine Lieder mitgesungen und sie schön gefunden. Der Lehrer, der einige der Lieder kannte, hatte sie auf dem Klavier begleitet.

Manchmal glaubte Jack, dass sich die Leute hier mehr für seine Heimat interessierten als seine Schulkameraden in Amerika für Europa. Vielleicht war schon der eine oder andere mal irgendwo in Europa gewesen, aber in Deutschland oder gar in Bayern? Er hatte erfahren, dass einige Klassenkameraden aus seiner jetzigen Schule schon einmal in Amerika gewesen waren, in Kalifornien, in NY, ja sogar in Mexiko!

Im nächsten Jahr würde er zu Hause von Weihnachten in Bayern erzählen. „Ob wir wohl noch einmal hier herkommen werden?" Ein wenig traurig glaubte er, dass sie nicht wiederkehren würden. „Aber", beschloss er, „wenn wir noch mal nach Bayern kommen, dann bringe ich meinem Freund Dennis solch komischen Hut mit!"

Janny hatte andere Interessen. Jeden Tag machten sie und Peter bei Hubers zusammen ihre Schulaufgaben. Manchmal kam Peters Opa dazu und erklärte ihnen viele geheimnisvolle Dinge und erzählte Geschichten aus seiner Jugend. Wenn dann der würzige Duft von Lebkuchen, den Janny nicht kannte, durchs Haus zog, erzählte der Opa gern von Weihnachten, und schickte schließlich Peter in die Küche, um von Frau Ina eine Kostprobe zu holen. Janny würde Frau Resi bitten, auch solch leckeren Kuchen zu backen.

Ganz anders waren Evis Träume! Sie wollte nicht nur sehen, wie die Vögel emsig die Körner aufpickten, so dass der Schnee rund um das Vogelhaus schon voller Schalen lag, sie wollte auch sehen, wie die Rehe essen! Frau Mayer hatte erzählt, dass der Förster sie mit Futter versorgt, so wie Evi die Vögel füttert. Tante Resi erzählte ihr gern von dem Wald, den sie als Kinder durchstreift hatten und in dem es viele Tiere gibt. Doch sie sagte auch, dass niemand, und schon gar kein kleines Mädchen, allein in den Wald gehen dürfe. Sie versprach, mit Evi in den Wald zu gehen, sobald der Schnee alles zugedeckt habe, damit sie auf dem Schlitten sitzen könne. Evi freute sich darauf, doch sie wollte nicht so lange warten. Sie wollte bald in den Wald gehen, nur ein ganz kleines Stück - ganz allein!

Angela war in Gedanken versunken. Ihre Berichte stimmten sie nicht mehr froh. Sie hatte eine interessante Erlebnisserie schreiben wollen. Es durfte nichts Alltägliches sein, davon gab es genug. Hätte sie geschrieben, wie es hier wirklich aussah, dann wäre lediglich eine kurze Erzählung entstanden von freundlichen Menschen, einem schönen alten Haus, dem Wetter, eventuell noch von einem ganz anderen Weihnachtsfest, die kaum jemanden interessiert hätte. Nein, sie musste den eingeschlagenen Weg weitergehen oder ihre Berichte einstellen, und das durfte sie auf keinen Fall!

Versonnen schaute sie den dichten Flocken zu. Sie gestand sich noch ein wenig ungern ein, dass ihr das Leben hier besser gefiel als erwartet. Sie war mit Ina in Nürnberg gewesen und hatte sich dort mit schicken, aber auch warmen Sachen eingekleidet. Sie waren durch die Stadt geschlendert. Die Weihnachtsdekoration war anders als zu Hause, nicht so bunt, vielleicht auch nicht so üppig. Sie war sehr schön, sie passte in dieses Land! Ina hatte ihr gezeigt, wo der Christkindlmarkt stattfindet, und hatte versprochen, den Markt mit ihr und den Kindern zu besuchen. Zum Abschluss ihres Bummels hatten sie ein gemütliches Café aufgesucht. Bei Kaffee und Kuchen hatten sie das dort ausliegende Theaterprogramm studiert. Eine Märchenoper wurde aufgeführt. Angela hatte sich nie besonders für klassische Musik interessiert, aber es reizte sie sehr, einmal kein Musical, sondern eine richtige Oper, „Hänsel und Gretel", zu erleben.

Angela wandte sich vom Fenster ab. „Ich muss jetzt weiterschreiben!" Frau Mayer hatte sich eher als an anderen Tagen verabschiedet; sie wollte einen Arzttermin wahrnehmen. Jack und Janny waren noch in der Schule, und Evi würde sich selbst beschäftigen; sie störte die Mutter nie bei der Arbeit.

Etwas lustlos begann sie zu schreiben, einen Text, der zwar gut war, aber keine Sensationen bot. Sie tröstete sich damit, dass eine ruhige Phase zwischendurch vertretbar sei und die nächste Folge wieder aufregend werden würde. Sie beschrieb genau den Zustand des Schlösschens und führte aus, dass ihre finanziellen Mittel für die notwendige

Renovierung nicht ausreichen würden und dass sie dieses Kleinod nicht werde herrichten lassen können. Abschließend bemerkte sie: „Bleibt nur der eine Weg, dieses mir inzwischen ans Herz gewachsene Schlösschen zu verkaufen."

Flüchtig überlas sie noch einmal den Text, schickte ihn ab und fertigte einen Ausdruck. Es war höchste Zeit gewesen, diese Folge auf den Weg zu bringen. Erleichtert nahm sie die losen Blätter, um sie in die Mappe in ihrem Schlafzimmer zu heften.

Auf dem Weg hinauf rief sie nach Evi, bekam aber keine Antwort. Sie legte das Manuskript in die Mappe und rief noch einmal nach ihr. Sie schaute in die oberen Räume, doch nirgends war Evi zu sehen; auch in der Küche und den Wohnräumen nicht. „Sie wird die Vogel füttern", dachte Angela. Sie lief hinaus, aber nirgendwo war Evi zu sehen.

Nun überfiel Angela eine furchtbare Ahnung. Von Angst ergriffen rief sie bei Hubers an: „Evi ist verschwunden! Was soll ich nur tun? Kevin ist in München!" „Seit wann ist das Kind verschwunden? Haben Sie das Haus gründlich durchsucht? Haben Sie irgendeine Ahnung, wo es sein könnte?" Spontan rief sie: „Alice im Wunderland! Sie kann nur in den Wald gelaufen sein!"

Dann ging alles sehr schnell! Die Polizei war benachrichtigt worden, und Alois und Gustl Huber kamen mit Janny und Jack und den anderen Schulkindern, die gerade ihren Unterricht beendet hatten. In kleinen Trupps gingen sie in den Wald hinein und riefen nach Evi. Die Kinder schauten

hinter jeden Baum und unter jeden Strauch; sie wussten am besten, wo man sich verstecken kann. Evi war nirgends zu sehen und antwortete auch nicht auf ihre Rufe.
Angela war im Haus zurückgeblieben. Sie rief bei Frau Mayer an, die ihre Vermutung teilte: „Mir fällt ein, dass Evi immer sehen wollte, wie der Förster die Rehe füttert. Sie kann nur in den Wald gegangen sein."
Angela erging sich in Selbstvorwürfen. Sie war mit dem Kind allein im Haus gewesen und hatte über ihrer Arbeit vergessen, mal nach Evi zu sehen. „Hätte Frau Mayer ihr nur nicht so viel vom Wald erzählt!"
Verzweifelt sank sie auf den nächsten Sessel. „Noch vor einer Stunde habe ich nach einer Sensation gesucht, und nun ist vielleicht etwas Entsetzliches passiert!"

Inzwischen war die Polizei mit den Hunden eingetroffen. „Wir müssen sie finden! Es ist kalt und fängt an zu schneien. Jede Spur wird zugedeckt, und in einer Stunde ist es dunkel!" Einige Dorfbewohner hatten sich zu den Suchenden gesellt. Zwischen ihnen tauchte Frau Mayer auf. Mit weinerlicher Stimme sagte sie: „Evi wollte sehen, wie die Rehe gefüttert werden. Sie weiß aber nicht die Stelle, wo das geschieht. Sie war noch nie allein im Wald, aber sie glaubt sicher, dass die Rehe, wie die Vögel, in einem Holzhäuschen oder Stall gefüttert werden. Wenn sie die Krippe findet, werden wir sie auch dort finden."
Die Suchenden machten sich auf den Weg in Richtung Krippe. Keiner sprach ein Wort; es herrschte Stille, nur das Knacken der Äste unter den Schritten war zu hören.

Ab und zu krächzte ein Rabe. Plötzlich schien es Janny, als mische sich ein leises Weinen in das Gekrächze. „Ich höre Evi weinen! Ich kann sie aber nicht sehen!" Alois Huber schaute sich um. Da hinten war der Anstand, der von den Jägern benutzt wurde und der wie ein Häuschen aussah! „Ein Haus!" Er lief in die Richtung und sah auch schon die schluchzende Evi hoch oben in dem Häuschen stehen. Immer wieder versuchte sie, einen Fuß auf die oberste Leitersprosse zu setzen, doch ängstlich zog sie ihn wieder zurück. „Hier ist sie!" rief der Lehrer. Evi war entdeckt worden. Ein Aufatmen ging durch die Reihen! Alle liefen herbei und riefen gleichzeitig dem Kind etwas zu. Evi jammerte: „Ich habe mein Waldhaus gefunden, aber ich kann nicht mehr runter!"

„Schnell", rief der Polizist seinem Kollegen zu, „gib die Decke her, ich hole sie herunter! Und ihr, ihr lasst sie alle in Ruhe!"

Ungern leisteten Jack und Janny und Frau Mayer dieser Anweisung Folge. Evi bibberte in den Armen ihres Retters, der sorgsam die Wolldecke um den kleinen Körper gelegt hatte.

Die Gruppe der Suchenden mit Evi, traf im Hof mit dem heimkehrenden Kevin zusammen. „Was ist geschehen?" fragte er. Der Lehrer erklärte Kevin das Nötigste. Der Polizist trug Evi ins Haus und sagte zu Angela, dass das Kind dringend Wärme brauche, ins Bett müsse und heißen Tee trinken solle.

Die Kinder standen in Gruppen im Hof. Sie waren stolz darauf, bei der Rettung des kleinen Mädchens aus Amerika, das sich in ihrem Wald verlaufen hatte, mitgeholfen zu haben. Sie redeten über das große Ereignis, das sie eigentlich nicht so recht nachvollziehen konnten, denn viele von ihnen waren schon öfter allein auf dem Anstand gewesen. Der Lehrer erklärte: „Ihr kennt euch hier aus! Aber in dem verschneiten Wald kann sich ein kleines Mädchen, das noch nie allein im Wald war, doch nur verlaufen!" Das verstanden sie und trotteten, noch diskutierend über das Geschehen, ihrem Zuhause entgegen.

Kevin saß an dem kleinen Bett und hielt Evis Hand. Evi hatte weder einen Schock erlitten, noch sich Unterkühlungen zugezogen, denn sie war in warmer Kleidung aus dem Haus gegangen. Mit strahlenden Augen erzählte sie ihm, dass sie hoch oben in einem Baum ein Waldhaus entdeckt habe und dort Kekse für die kleinen Tiere, die von Ast zu Ast hüpften, hingelegt habe. „Dann habe ich aber nicht gewusst, wie ich da wieder runterkommen konnte, und da habe ich große Angst bekommen!"
Kevin hütete sich davor, ihr Vorwürfe zu machen. Er fragte nur, warum sie nicht Bescheid gesagt habe, dass sie in den Wald gehen würde, um die Tiere zu füttern. Sie überlegte nur kurz und meinte, es klang überzeugend: „Ich wollte die Mam nicht bei ihrer Arbeit stören. Ich wollte ja auch ganz schnell wieder zurück sein. Ich fand es toll, als die vielen Kinder und die großen Leute kamen. Der nette Polizist war Santa Claus! Und der hat gesagt, dass es richtig war, dass ich gewartet habe und nicht weiter in den Wald gelaufen bin!"

Liebevoll streichelte Kevin das kleine, gerötete Gesicht. Er neigte sich zu dem Kind hinab und küsste es. Freundlich aber unmissverständlich sagte er: „Wir haben uns sehr um dich gesorgt; du darfst nie wieder allein in den Wald gehen. Bitte versprich mir das!" „Großes Ehrenwort!". Als Kevin den Raum verlassen wollte, fragte Evi: „Können wir denn nicht alle Kinder zu Nikolaus in unseren großen Garten einladen? Aber auch den Santa Claus, der mich aus dem Baumhaus geholt hat!" Kevin war erstaunt. Er ging ins Zimmer zurück. „Das ist eine sehr gute Idee! Siehst du, du musst deine Ideen mitteilen, dann kann man auch darüber reden. Morgen werde ich zu dem Santa Claus gehen und ihn einladen. Wenn er zusagt, gehe ich gleich zu dem Onkel Huber in die Schule und lade alle Kinder ein, die mit im Wald waren. Ist das gut?" Evi streckte die Ärmchen aus, dankte dem Dad und schlief dann zufrieden ein.

Kevin atmete erleichtert auf. Er war glücklich, dass der Alleingang der kleinen Tochter kein böses Ende genommen hatte. Er goss einen Cognac in ein Glas und sann vor sich hin. Angela nahm neben ihm am Kamin Platz. Sie schaute in die Flammen. Ganz gewiss wollte sie keinen Kamin mit Gasflamme mehr haben. Sie liebte das Knistern der brennenden Holzkloben und mochte das Spiel der Flammen. Angela streckte die Beine der Wärme entgegen. Kevin reichte ihr ein Glas. „Danke, Kevin. Ich bin ja so erleichtert, dass alles gut gegangen ist!" „Ja, es hätte böse ausgehen können! Es war nur richtig, dass du gleich Hubers benachrichtigt hast, denn durch deren schnelles Handeln ist vielleicht Schlimmes verhindert worden. Um Evi brauchen wir uns keine Sorgen zu machen; für sie war es ein Wunderlandabenteuer." „Zum Glück ist das so", stimmte Angela zu. Kevin schmunzelte: „Stell dir vor, sie glaubt wirklich, dass es Santa Claus persönlich war, der sie aus dem Baumhaus gerettet hat. Sie hat mich gefragt, ob wir zu Nikolaus im Garten eine Party machen können und alle Kinder, die sie im Wald gesucht haben, dazu einladen können, besonders aber den Santa Claus!" „Na," lachte Angela, „dann geh' du zur Polizei und lade den Weihnachtsmann zur Party ein!" „Erledige ich alles! Trotzdem bleibt das große Tor ab heute verschlossen, und den Schlüssel verwahren wir irgendwo, wo Evi ihn nicht erreichen kann." „Ja, das machen wir so! Ich bin ja so froh, dass alles noch mal gut gegangen ist. Aber da ist noch etwas, Kevin, worüber ich mit dir reden möchte." Kevin war sich ziemlich sicher, dass es etwas mit Angelas Beruf zu tun hatte. „Wir können gerne morgen darüber reden, Angela. Jetzt wollen wir noch ein Gläschen auf den guten Ausgang dieses Tages trinken."

Angela wusste, dass es an der Zeit war, am heutigen Abend über ihre Arbeit zu reden. Ohne Reue, ohne Selbstvorwürfe, offen und ohne Verharmlosung begann sie zu berichten. „Du weißt ja, dass ich für meine Zeitung schreibe und zwar, wie von dir vorgeschlagen, über das neue Zuhause, über das alte Europa!" Er nickte. Er wusste, dass er alles erfahren würde, was bis jetzt vor ihm verborgen geblieben war - aus welchem Grund auch immer. Doch er ahnte ihn!

„Es sollte ein Erlebnisbericht werden. Aber was konnte ich schon erzählen? Es gab nichts Aufregendes! So habe ich ein wenig die Fantasie spielen lassen und, gelinde gesagt, übertrieben! Ich habe das Haus als nur teilweise bewohnbar beschrieben, habe die Vermutung verbreitet, dass hier Schätze verborgen sein könnten und habe mir besonders den Fund eines geheimnisvollen Bildes ausgedacht, das aus der Werkstatt eines hiesigen Malers stammen könnte. Aber das Schlimmste ist, dass ich in meinen Berichten alles vorbereitet habe, den Leser auf eine falsche Fährte zu führen, nämlich, dass der Onkel eventuell sogar ermordet worden ist.

Anfangs war ich erfreut, dass meine Arbeiten erfolgreich waren. Aber ich muss dir gestehen, und du wirst es bereits bemerkt haben, dass ich keine Freude mehr an Berichten dieser Art habe. Schließlich sind die Leute hier gar nicht so hinterwäldlerisch, wie ich aus der Ferne angenommen habe. Außerdem gefällt mir das Leben in der neuen Umgebung, hier in dem Haus, inzwischen sehr gut. Du wirst verstehen, dass ich diese Fantasiegeschichten, eigentlich ja alles Lügen, nicht weiterschreiben möchte. Wenn du möchtest, kannst du gerne mal einen Blick in die Manuskripte werfen." Kevin verzichtete darauf, die Manuskripte zu lesen, denn er wusste, dass die Formulierungen recht verwegen sein würden. „Denkst du nicht auch", fragte Angela schließlich, „dass ich keine Arbeiten mehr an meine Redaktion senden sollte?" Kevin überlegte. „Doch, das

solltest du weiter tun. Aber bitte, keine Fantasiegeschichten mehr! Schreibe, wie es wirklich hier ist. Schreibe doch über den ersten Advent bei Hubers oder über Evis Ausflug in den Wald. Aber hüte dich, das Wort Entführung zu benutzen, um die Angelegenheit spannend zu gestalten! Glaub mir, Evis Abenteuer, das Engagement des ganzen Dorfes, das Kind aus Amerika wiederzufinden und vor dem Erfrieren zu retten, fesselt deine Leser nicht weniger als der Bericht über eine Entführung, deren Ausgang du auch noch erst erfinden müsstest."
Angela war erleichtert. „Kevin", sagte sie, „es war so gut, mit dir über alles zu sprechen. Ich danke dir für dein Verständnis; das hat mir sehr geholfen. Und du hast recht, keine Fantasien mehr!"
Angela überlegte einen Augenblick: „Ich könnte doch dann auch über Evis Santa-Claus-Feier im Hof berichten!" „Das ist eine gute Idee", stimmte Kevin zu. „Vielleicht bittest du Frau Ina um Rat, damit wir das Fest so gestalten, wie es hier üblich ist." „Ja, und Morgen gehe ich mit Frau Mayer einkaufen. Wir müssen doch sicher einen Sack voller Päckchen für die Kinder haben!"

Auf dem Polizeirevier bedankte sich Kevin noch einmal bei dem Polizisten für die Rettung seiner Tochter und lud ihn ein. „Meine Frau und ich möchten uns gern mit einer Nikolausparty bei Ihnen und den Kindern, die mitgeholfen haben, Evi zu suchen, bedanken." Der Polizist schmunzelte: „Soll ich den Nikolaus spielen und vielleicht auch noch Geschenke verteilen?" „Ja, sehr gerne! Das wäre einfach

wunderbar! Meine Tochter glaubt nämlich tatsächlich, dass sie von dem echten Santa Claus gerettet worden ist. Und Knecht Ruprecht ist natürlich auch herzlich eingeladen. Bringen Sie doch bitte Ihren Kollegen mit."
Danach suchte Kevin Alois Huber auf und lud ihn zusammen mit den Kindern zu der Nikolausparty ein. Der war von dieser Idee total angetan, bat allerdings, die Fete auf den Nachmittag zu legen, wenn der Unterricht für alle Kinder beendet sei. „Ein wenig neugierig bin ich schon auf den Santa Claus", meinte er, und natürlich würde seine Frau gerne Angela bei den Vorbereitungen helfen.

Der Duft der Lebkuchenbäckerei durchzog das Haus der Bartecks - Frau Mayer war emsig bei der Sache. Um 17 Uhr sollte die große Party starten. Ein langer Tisch für die Getränke, die Plätzchen und die Kuchen war im Hof aufgebaut. Kevin hatte so viele Helfer, dass es schwierig wurde, sie unter Kontrolle zu halten. Einige Jungen waren damit beschäftigt, quer über den Hof bunte Papiergirlanden zu ziehen, an denen leuchtende Lampions hingen. Jack war stolz auf die beiden hohen Tannen, die er gegen Frau Mayers Protest mit blinkenden Lichterketten geschmückt hatte, und an denen Kevins Helfer und auch die beiden anwesenden Reporter besonderen Gefallen fanden! Ein großer Holzstapel, in dem dünnes Reisig steckte, wurde von Kevin angezündet, denn das Geläute von Santa Claus war bereits zu hören.
Die beiden Nikoläuse führten den Zug der Kinder an, die ihnen mit Stocklaternen in den Händen folgten; auch eini-

ge Väter und Mütter hatten sich angeschlossen. Den Abschluss des Zuges bildeten die Lehrer. Einer der Lehrer spielte Weihnachtslieder auf dem Akkordeon, die von den Kindern mal in Englisch, mal in Deutsch, gesungen wurden.

Der Reporter der Ortszeitung und der Reporter aus der Kreisstadt fotografierten den fröhlichen Zug. Sie wollten die Kinder, die bei der „Rettung" der kleinen Amerikanerin dabei gewesen waren, unbedingt interviewen. Evi wurde häufig fotografiert, auch von Angela, die stolz auf die kleine Tochter war.

Endlich hatten sich alle im Hof versammelt und um die Nikoläuse geschart. Kevin mit Evi an der Hand begrüßte die Nikoläuse und übergab ihnen zwei Säcke mit den Päckchen für die Kinder. Er bedankte sich bei allen für die Hilfe bei der Suche nach der Tochter. „Und jetzt, liebe Kinder, gehen wir zusammen da rüber zu dem großen Holzfeuer. Dort bekommt jeder von euch von den Nikoläusen ein Päckchen." Evi, die ihren Retter, den echten Santa Claus, schon längst erkannt hatte, war als erste da. „Da bist du ja, du kleine Abenteuerin! Du bist ja hier bekannt wie ein Hollywood-Star!" Er griff besonders tief in den Sack und gab Evi ein buntes Päckchen. „Nun drängelt mal nicht so, Kinder! Es ist für euch alle etwas da." Die Nikoläuse waren im Stress.

Inzwischen hatte auch am Kuchentisch der Ansturm begonnen. Ina und Frau Mayer bewirteten die Gäste mit Kuchen, Getränken und Plätzchen, während Angela die Party filmte, bis das Feuer herunter gebrannt war und die Gäste sich verabschiedeten. Singend, wie sie gekommen waren, verließen sie den Schlosshof.

Angela freute sich darauf, den nächsten Bericht für ihren Verlag zu schreiben, und überlegte, ob sie die Zeitungsartikel über Evis „Ausflug" übersetzen und mitschicken sollte. Sie würde die Vorgeschichte dazu schreiben und Evis Geheimnis von Alice im Wunderland erklären. Auch die Artikel über die gelungene Santa-Claus-Party und die Fotos würden für eine interessante Gestaltung der neuen Folge nützlich sein.

Sie saßen gemütlich beim Frühstück, eine harmonische, amerikanische Familie in Bayern, bei der die Welt in Ordnung war. Die Kinder redeten munter. Sie und die Eltern wollten am Nachmittag einen Ausflug mit einem Pferdeschlitten zu einem Berggasthof unternehmen! Das Telefon klingelte, ein Anruf für Kevin von seinem Partner. Obwohl Kevin wenig sagte, bemerkte Angela seine Erregung. Er lief, das Telefon am Ohr, im Zimmer umher, sah nervös zum Fenster hinaus und setzte sich wieder an den Schreibtisch. Er unterbrach den Partner nur gelegentlich. Angela horchte auf, als Kevin zornig sagte: „Das ist ein Irrtum! Alles ein Irrtum, Anthony! Ich denke nicht daran, das Haus zu verkaufen! Und wenn ich je daran denken würde, geschähe dies über unsere Firma!"

Verärgert beendete er das Gespräch und nahm wieder am Frühstückstisch Platz. Angela goss frischen Kaffee in seine Tasse; er schien es nicht zu bemerken. Sie nahm die

Tasse: „Lass uns ins Arbeitszimmer gehen. Dann kannst du mir von dem Gespräch erzählen."
Aufgeregt begann Kevin: „Angela, da haben wir den Ärger! Anthony berichtet mir von deiner Veröffentlichung, in der du schreibst, dass du die Ruine mit all ihren kostbaren Dingen aus finanziellen Gründen verkaufen musst! Anthony fühlt sich übergangen, da wir doch Geschäftspartner sind und er zu Anfang schon gefragt hatte, ob ich das Erbe verkaufen möchte. Er ist zu Recht beleidigt!"
Eine solche Reaktion auf ihre Berichte hatte Angela nicht erwartet.
Auf dem Faxgerät ging ein langes Schreiben ein. Es war eine Nachricht von der Redaktion, vom Chefredakteur, persönlich. Diese Nachricht erschreckte sie aber fast noch mehr als die von Anthony! „Wir erhalten laufend Anrufe von Lesern, die wissen möchten, wo sich das Schlösschen befindet, da sie an einem Kauf interessiert sind!" stand am Anfang des Schreibens. Eilig las Angela weiter: „Ein Galerist, der ein Genie im Verborgenen vermutet, möchte den Maler kennenlernen. Sein Partner in München, der wohl einen Künstler der naiven Malerei vermutet, möchte ihn gern kennenlernen. Das wird eine Sensation!" Angela war den Tränen nah. „Hier Kevin, lies das mal". Sie reichte Kevin das Fax. „Was habe ich da bloß angerichtet? Die Leser lieben meine Berichte, und mich bringt das in Bedrängnis. Ich habe mich da selbst hinein manövriert, und an der Verstimmung zwischen dir und Anthony trage ich auch die Schuld." Es war Angela nicht klar, ob da schon wieder ein leises Schmunzeln in Kevins Antwort mit-

schwang: „Du hättest eben Journalistin bleiben und nicht Märchentante werden sollen!" Kevin schloss Angela in den Arm: „Lass uns jetzt aufbrechen zur Schlittenfahrt, bevor die Kinder unruhig werden. Wir besprechen dann später, wie wir unsere Probleme lösen können."

Auf der Schlittenfahrt waren die Kinder vergnügt und mit den neuen Eindrücken beschäftigt. Evi gefiel das Geläut des Pferdegeschirrs am besten, Janny winkte Kindern aus ihrer Schule zu, und Jack überlegte, ob sie an der Stelle, an der sie in wenigen Tagen den Weihnachtsbaum schlagen wollten, vorbeikommen würden. Die Schlitten, es waren fünf an der Zahl, hielten vor einem Landgasthof. Schon bevor der letzte Ausflugsgast sein Gefährt verlassen hatte, hüpften die Kinder bereits vergnügt im Schnee umher, warfen mit Schneebällen und begannen, einen Schneemann zu bauen. So schön auch die Tische geschmückt waren, so reichhaltig und wohlschmeckend das Angebot auch war – Angela und Kevin waren an diesem Nachmittag froh, als die Rückfahrt angesagt wurde, denn in Gedanken beschäftigten sie sich noch immer mit den heute entstandenen Problemen.

Die Schlitten standen abfahrbereit auf dem Hof, und die Kutscher hängten Laternen an. „Ist das schön!", rief Janny begeistert, und sie wünschte sich, dass die Zeit auf dem Lande, in Europa, noch lange dauern würde. Zu dem munteren Geläut der Schlittenglocken stimmten die Fahrgäste Weihnachtslieder an. Nun konnten Kevin und Angela sich nicht dieser heiteren, vorweihnachtlichen Stimmung weiter verschließen, sie sangen mit und stiegen etwas froher nach der Rückkehr im Dorf aus dem Schlitten. Auf dem Heimweg stapften sie durch den Schnee und gelangten bei vollkommener Dunkelheit in den Wald. Von weitem schon sahen sie die bunten, blinkenden Lichtchen an den Tannen und vor der Haustür. Vor dem Tor bewegte sich etwas! Ein Mann winkte ihnen zu, und ein Hund bellte ihnen seine Begrüßung entgegen. „Wer ist das? Ist das der Santa Claus mit dem Wolf?", fragte Alice-Evi, und ihre Augen glänzten erwartungsvoll. Nun erkannten sie den Besucher, einen der Reporter, der auf der Fete im Hof gewesen war. Freundlich rief er: „Ich befürchtete schon, Sie nicht anzutreffen, denn ich habe etwas abzugeben!" Der Besucher wurde ins Haus gebeten. Evi freundete sich sogleich mit dem Wolf an. Bei Tee am Kamin erklärte der Besucher lachend: „Eigentlich ist es der Wolf, der mich herführt. Ein Leser hat ihn bei mir für Alice-Evi abgegeben, damit sie nun immer einen Beschützer hat!" Evi war begeistert: „Der Wolf darf hierbleiben! Gehört er jetzt mir?" Die Eltern hatten nichts dagegen einzuwenden. Der Reporter meinte: „Es ist noch etwas, weshalb ich gekommen bin!", und an Angela gewandt fragte er: „Würden Sie für unsere Zeitung einen Bericht über Ihr Leben in Amerika schreiben, und darüber, was Sie veranlasst hat, nach hier zu kommen, in unseren abgelegenen, stillen Ort?! Wir dachten an zehn Folgen!" Überrascht reagierte Angela: „Ohhhh ….. das würde ich gerne tun!" Kevin strahlte: „Ja Angela, das solltest du auch!" „Die Leute möchten über Sie und Ihre Familie, über Ihr Leben in Amerika und nun

hier in Bayern mehr erfahren. Unsere Leser sind neugierig geworden; die Berichte über die Suche nach der kleinen Amerikanerin und über die Danke-Schön-Party danach mit den schönen Bildern, waren ein voller Erfolg. Schließlich passierte das alles nicht irgendwo, sondern hier, und viele der Leute haben es selbst miterlebt. Sie waren bei der Suche und der schönen Party dabei!"
Vor geraumer Zeit hatte der Gast das Haus verlassen. Kevin und Angela saßen bei Rotwein und leiser Musik vor dem Kamin. Die Aufregung vom Vormittag hatte sich gelegt; sie waren entspannt und redeten ruhig über den heutigen Tag mit all seinen Vorkommnissen. „Doch nicht so weit aus der Welt, das alte Europa – nicht wahr, Angela?" Kevin lächelte. „Es hat seine Kultur und seine Reize, und wir haben bereits Freunde hier!" meinte Angela leicht verunsichert. „Aber jetzt freue mich erst einmal auf die Serie für die hiesige Zeitung!" „Und ich lese jede Folge, bevor sie erscheint!" Angela lachte amüsiert über diese Äußerung. „Die Folgen für die amerikanische Zeitung will ich langsam und geschickt ausklingen lassen. Ich überlege mir noch genau, wie ich vorgehen könnte, und würde das dann gern mit dir besprechen." „Ja", stimmte Kevin zu, „und als erstes sollten wir einen aufklärenden Brief an Anthony schreiben. Wir sollten ihn vielleicht sogar einladen, damit er sich hier von der Wahrheit überzeugen kann".

*

Wieder stand eine Tasse mit duftendem Kaffee auf dem Schreibtisch. Angela begab sich daran, die abschließende Folge für die amerikanische Zeitung zu verfassen! Es war wirklich einfacher als Kevin geglaubt hatte, Klarheit in diese hochgespielte Angelegenheit zu bringen. Sie würde das geschickt hinbiegen, schließlich war sie Journalistin! Sie grübelte ein wenig; es machte ihr großen Spaß, nach einer Lösung zu suchen. Aber es war nicht einfach. Viel Diplomatie war angesagt, um zu verhindern, dass ihr Chefredakteur durch ihre Lügengeschichten Ärger bekam. Andererseits würde er nicht gern auf „die tolle Story über die Entdeckung eines Genies in einem gottverlassenen Nest" verzichten wollen. „Ich werde ganz einfach schreiben, dass ich das Haus inzwischen verkauft habe und ich erfahren habe, dass der Maler schon lange tot ist. Kevin wird mit dem Entwurf sicher einverstanden sein."

Es läutete am Hoftor. Angela ließ sich nicht stören; sicher war es die Post. Frau Mayer und Evi waren mit Wolf im Hof, um die Vögel zu füttern. Wolf meldete auch schon mit Gebell den Mann am Hoftor. Alice-Evi trabte zum Tor, und Frau Mayer, den Torschlüssel in der Tasche, folgte ihr. Der Fremde trug einen dicken Ledermantel mit braunem Pelzkragen und eine Pelzmütze. Unter den Arm geklemmt, hielt er eine Aktentasche. Frau Resi erkannte auf den ersten Blick, dass dieser rausgeputzte Pinkel ein arroganter Stadtmensch war. Der Mann zwang sich zu einem Lächeln und grüßte. „Entschuldigen Sie bitte, gnä'

Frau!" sagte er, als ihm die bayrische Bauersfrau nicht sogleich öffnete. Der sagte doch wahrhaftig „gnä' Frau!" - was bildete der sich ein? „Ich komme aus München! Bin ich hier richtig bei der Ruine?"
Diese Frage war einfach unverschämt. Genau so unverschämt wollte Frau Resi jetzt antworten. Schon das klare Hochdeutsch ging ihr auf die Nerven. Selbst die Amerikaner sprachen mit leichtem, bayrischen Akzent, der täglich besser wurde. „Dass das hier keine Ruine ist, sieht ja wohl jeder Depp!" Dem Preußen aus München ging die Art dieser Person auch auf die Nerven. Freundlich wendete er sich an das kleine Mädchen: „Bist du die kleine Amerikanerin?" Wolf grollte und begann zu bellen. Die kleine Amerikanerin schüttelte den blonden Lockenkopf und sagte ernst: „Ich bin Alice im Wunderland, und das ist mein Wolf!"
„Häää", meinte der verblüffte um Einlass bittende Fremde und dachte, dass hier so Verschiedenes nicht stimmt. Doch er hatte eine Mission zu erfüllen. Noch einmal nahm er Anlauf, mit den recht eigenartigen Bewohnern dieses Hauses ins Gespräch zu kommen. „Verzeihung, ich suche eine Ruine, in der Amerikaner wohnen! Mir wurde dieses Haus genannt!" Frau Resi antwortete empört: „Haben Sie keine Augen im Kopf? Oder sind Sie vielleicht taub? Gehen Sie zur alten Burgruine, die liegt 60 Kilometer entfernt von hier. Verschwinden Sie sofort, sonst hetze ich den Wolf auf Sie!"

Der Hund bellte, es klang wie hämisches Gelächter. Evi meinte entschieden: „Und außerdem gebe ich keine Interviews mehr!"
Nun reichte es dem feinen Pinkel, und er beeilte sich, von dem Irrenhaus wegzukommen. Frau Resi schimpfte hinter ihm her. Erschöpft stöhnte sie: „Na, so ein Saupreiß, so einer!" Alice nickte zustimmend. Wolf raste in den nächsten Schneehaufen, und Alice fragte: „Was ist ein Saupreiß, Tante Resi?" Resi schöpfte nach Luft und erklärte: „Na so einer wie der da!" Das verstand die kleine Amerikanerin nicht. „Ist der auch aus Europa?" Resi nickte und meinte fast bedauernd: „Sogar aus Deutschland!" Da Tante Resi zu weiteren Erklärungen, was ein Saupreiß ist, nicht bereit war, beschloss Evi, am Abend die Eltern zu fragen. Und wenn die es auch nicht wussten, wovon sie überzeugt war, dann den schlauen Lehrer, oder die Tante Ina!
Beim Abendessen brachte Evi ihre Frage vor. „Was ist ein Saupreiß?" Die erstaunten Eltern warfen sich fragende Blicke zu; Evi verblüffte ja oft durch ihre Fragen. „Wer hat das gesagt?", fragte Kevin. „Von wem hast du das gehört?" Bereitwillig antwortete sie, dass Tante Resi dies gesagt habe. „Aber es ist keiner aus Amerika! Es ist so ein Alter aus Europa!" „Hm, das stimmt! Das Wort habe ich in Amerika auch noch nicht gehört!", und bevor Angela weiterreden konnte, meinte Evi, die ja ahnte, dass keiner ihre Frage würde beantworten können, dass sie den schlauen Lehrer fragen würde. Das veranlasste Jack zu spöttischem Gelächter. „Alles wissen wir in Amerika eben

auch nicht!", schlussfolgerte das kleine Mädchen in weiser Erkenntnis.

Ina hatte Angela zum Kaffee geladen. Sie hatte, wie sie freudig mitteilte, vier Karten für die Opernaufführung „Hänsel und Gretel" besorgen können. „Ich kann Ihnen zwei Karten abgeben!" Angela sagte, dass sie gern mit Janny mitgehen würde, da Janny oft mit dem Vater klassische Musik höre. „Gut, dann nehme ich Peter mit. Wir fahren mit meinem Wagen. Ich freue mich, mit Ihnen und Janny in diese schöne deutsche Weihnachtsoper gehen zu können!" „Ach die deutsche Sprache!", stöhnte Angela. „Was ist denn da so schwer?" Angela erzählte von Evis Frage, was ein „Saupreiß" sei, und schaute recht betroffen drein, als Ina in helles Gelächter ausbrach. „Habe ich das Wort falsch ausgesprochen?". „Nein, so sagen wir hier in Bayern. Eigentlich heißt es ‚Preuße'. Das ist ein Bewohner der ehemaligen Provinz Preußen, und die Preußen, die nach Bayern kommen, werden in liebenswürdiger Weise von uns ‚Saupreußen' genannt! Das Wort hat sich über Generationen hinweg festgesetzt; man mag ihre besserwisserische Art hier nicht, daher dieses Wort!"

Auf dem Heimweg überlegte Angela, in welchem Zusammenhang Evi dieses Wort gehört haben könnte. Sie glaubte, dass ihr hier noch kein Preuße begegnet sei. Trotzdem wollte sie sich bei Frau Mayer erkundigen - sie ahnte nicht, dass die Erklärung bereits auf ihrem Schreibtisch auf sie wartete.

Eine umfangreiche Nachricht war für Angela eingegangen, wieder vom Chefredakteur persönlich. „Sicher ist er nicht mit meinem Abschlussbericht zufrieden. Er wird die Serie fortsetzen wollen, noch aufregender als zuvor!"
Sie las: „Angela, der Vertreter unseres Galeristen aus München hat berichtet, dass er Dich an Deiner mir vorliegenden Adresse aufsuchen wollte, dort aber keine Ruine vorgefunden hat, sondern ein Haus, umgeben von einem hohen Zaun. Er hat sich darüber beschwert, dass er bereits am Tor von einer Farmersfrau abgewiesen wurde, die sogar den Hund auf ihn hetzen wollte. Er habe aber auch ein Kind auf dem Hof gesehen, das durchaus Deine jüngste Tochter Evi gewesen sein könnte."
Angela fasste sich an die Stirn. „Das also war der Saupreiß!" Sie beschloss, weder mit Frau Mayer noch mit Evi über diesen Vorfall zu reden, da dies nur Verwirrung stiften würde.
Angela las weiter. Der Chefredakteur gab seinem Bedauern Ausdruck, dass diese vielversprechende Serie so abrupt beendet sein sollte. Er fände es besonders den Lesern gegenüber problematisch, diesen Abbruch zu vertreten, und habe erhebliche Probleme, einen adäquaten Anschluss zu finden. Dennoch – er würde sich freuen, wenn sie sich nach ihrer Rückkehr bei ihm melden würde.

Angela atmete auf – das war ja noch mal gut gegangen! Doch nun den Brief an Anthony! Angela bemühte sich um klare Formulierungen und war recht zufrieden mit dem Resultat. So konnte Anthony nichts mehr missverstehen.

Im Gegenteil, dieses Schreiben würde jedes bestehende Missverständnis aus dem Weg räumen.

Ihr kam nicht in den Sinn, dass er an ihrer Glaubwürdigkeit zweifeln könnte.

Sie las das Schreiben noch einmal durch. Ja, so war es gut: „Anthony, natürlich habe ich übertrieben! Du weißt doch selbst aus Erfahrung, dass eine realistische Darstellung bei solch einer Story nicht sehr erfolgreich ist. Die Leser wollen eine interessante, möglichst aufregende Geschichte! Kevin und mir ist sehr daran gelegen, dass Du Dich selbst hier von der Wahrheit überzeugst. Wir laden Dich daher in unser altes, schönes Haus, mitten im Wald, in ländlicher Idylle, ein. In der Nähe befindet sich ein moderner Skilift. Du könntest Deinen Aufenthalt bei uns für einen Skiurlaub nutzen. Wir wissen doch, dass Du ein begeisterter Wintersportler bist! Komm in unser Haus, das wir nicht verkauft haben und wohl auch nicht verkaufen werden!"

*

„Da, die Jeans und die glänzende Bluse kannst du ins Theater anziehen!", meinte Angela und reichte der Tochter das schillernde Kleidungsstück. Janny verzog spöttisch den Mund. „Das kannst du in Amerika in ein Open-Air-Festival anziehen, aber nicht in solch ein schönes Haus mit großer Bühne und richtigen Sängern. Nein, das ziehe ich nicht an! Das ist kitschig! Ich werde Tante Ina fragen, ob sie mir aus ihrem Geschäft etwas Schönes, ein richtiges Kleid, besorgen kann!"

Angela brach nicht in Empörung aus, sondern dachte nun selbst daran, sich für dieses besondere Ereignis etwas einfallen zu lassen. Sie kramte im Schrank und entschied sich für den schwarzen Seidenanzug, den sie in Nürnberg gekauft hatte, und für die goldene Bluse. „Ja, das wird richtig sein! Ich rufe gleich Frau Ina an und frage, ob sie für Janny ein passendes Kleid besorgen kann."
„Ich habe da eine Kollektion für die jungen Damen im Trachtenstil. Wie wäre es mit einem Winterdirndl?"
„Wie konservativ doch die alten Europäer sind! Vielleicht sogar ein wenig naiv? Sie scheinen mit der Moderne noch Schwierigkeiten zu haben!", dachte Angela.

Im Nürnberger Opernhaus herrschte festliche Stimmung. Ein großer Weihnachtsbaum stand im Foyer, und erwartungsvolles Stimmengesumm erfüllte das Haus. An der Garderobe wurden die Mäntel abgegeben, und vom elegantesten Kleid bis hin zu Jeans - was Angela nicht verborgen blieb - war alles an Kleidung vertreten. Peter trug einen dunklen Anzug mit einem dünnen, weißen Rollkragenpullover. Er gefiel seiner Freundin Janny sehr gut. Elegant waren die Damen in ihrer festlichen Kleidung. Sie betrachteten sich in dem Spiegel neben der Garderobe. Janny drehte sich und schaute mit Vergnügen dem Wehen ihres plissierten Rockes nach. Sie fühlte sich wohl und schön!
Auf dem Rang belegten sie ihre Plätze und schauten auf den geschlossenen Vorhang hinunter. Aus dem Orchester-

graben erklang schon vereinzelt das Stimmen der Instrumente.
Janny atmete tief, und ein eigenartiges Gefühl erfüllte sie, ein schönes Gefühl. Langsam erloschen die Lichter, die Musik ertönte, und der Vorhang öffnete sich für „Hänsel und Gretel". Die Lieder, die beiden Kinder, die so lieb zueinander waren, der Abendsegen - alles war so schön und feierlich! Und gruselig war die Hexe mit ihrem Buckel, die mit krummem Finger den Hänsel in den Käfig lockte. Die Lebkuchenfiguren zwischen den Sträuchern wirkten geheimnisvoll. Es war atemberaubend! So aufgeregt war Janny noch nie gewesen, nicht einmal bei einem Krimi im Fernsehen. Hier war alles viel schöner, so direkt, man erlebte alles mit. In der Pause sagte sie, und ihre Augen glänzten vor Freude und Begeisterung, dass sie gern Sängerin werden würde.
Auf dem Heimweg saßen Janny und Peter auf den Rücksitzen. Sie sprachen über die Oper und summten die Lieder. Janny meinte, dass sie schon einmal solch ein Lied gehört habe. Ina erklärte ihr, dass der Komponist Kinderlieder für die Oper geschrieben habe, aber auch bekannte Kinderlieder übernommen habe.

„Wie schön ihr ausseht!", wurden Angela und Janny von Kevin begrüßt. „Wie einem Märchen entstiegen!" „Das sind wir auch! Es war so schön, dass ich bald wieder einmal ins Theater gehen möchte!" sagte Janny.
„Wir haben auch kurz auf den Christkindl-Markt geschaut!" Nachdenklich fuhr Angela fort: „Wenn nicht alles

echt wäre, der Glockenturm aus dicken Steinen, die Häuser mit ihren schönen Fassaden, so könnte man glauben, in Disneyland zu sein. Allerdings würde es da mehr glimmern und flimmern, und lautes Gekreisch wäre dabei!"
„Das alte Europa als Disneyland!", meinte Kevin amüsiert. „Aber so ist es nun einmal. Was man selbst nicht hat, muss einem vorgegaukelt werden - ein Dornröschenschloss, und wer weiß was sonst noch mehr! Die Europäer bauen ein Theater nach dem anderen, um darinnen Musicals aufzuführen, Import aus der Neuen Welt. Sie bewundern die traumhafte Welt der Musicals, bestaunen die akrobatischen Tanzvorstellungen, das rasante Rollschuhlaufen, ja sicher auch die Lautstärke! Wahrscheinlich verlangt man hier danach, und es wird perfekt geliefert!"
Noch lange verweilten Angela und Kevin am Kamin und sprachen über das Leben im Alten Europa, das doch so anders war, als sie es sich vorgestellt hatten. „Manchmal", sagte Angela, „befürchte ich, vollkommen verändert, um nicht zu sagen ‚unmodern', nach Hause zurückzukehren. Das Leben hier hat uns in den wenigen Wochen verändert!" Kevin meinte scherzend, dass Janny sicher einmal die deutschen Sitten in Amerika einführen möchte. Er wundere sich sowieso oft darüber, dass die Kinder sich nicht beklagten, hier weder einen Swimmingpool zu haben noch das supermoderne Leben im Zentrum des Geschehens zu führen. „Vielleicht liegt das am Wetter!", lachte er, „hier denkt man eher an Skilaufen als an Schwimmen im Freien!". „Ja" sagte Angela, „und Janny gefällt es, mit einem Freund die Schulaufgaben zu erledigen, und in dem

Haus der Hubers willkommen zu sein! Die Art des Lebens hier entspricht wohl ihren Vorstellungen vom Alten Europa - auf jeden Fall nimmt sie es positiv, während Jack eifrig nach Mängeln sucht." „Na ja, er sieht sogar ein wenig lächelnd auf das Leben ‚der alten Bayern' herab. Vielleicht glaubt er, dies der Weltmacht Amerika schuldig zu sein. Oder fällt es ihm nur schwer, sich anzuschließen?!"

Der große, eichene Esstisch war liebevoll für den Besuch der Familie Huber zum Adventskaffee gedeckt und mit Kerzen und kleinen Tannensträußen geschmückt. Janny hatte darauf bestanden, bei der Dekoration mitzuhelfen, und Alice-Evi hatte in verschiedenen Ecken des großen Raumes mit Schnee bestreute Tannenzapfen verteilt, um auf ihr Wunderland aufmerksam zu machen. Leider war der Schnee schon geschmolzen, als Hubers eintrafen. Sie waren zum ersten Mal im Schlösschen zu Gast. Während Janny sie freudig begrüßte und Alice-Evi das wunderschöne Dirndl der Tante Ina bewunderte, saß Jack mit überschlagenen Beinen auf einem Sessel und gab sich desinteressiert. Er grinste überlegen, und dabei hoffte er doch nur auf ein anerkennendes Wort.
Kevin goss den Kaffee ein. Er lächelte ein bisschen unsicher: „Den habe ich gekocht." Angela stellte einen Teller mit Spekulatius auf den Tisch: „Und die habe ich gebacken!", sagte sie sehr selbstsicher und stolz. „Ich hoffe, dass es euch schmeckt! Es gibt aber auch noch einen Stollen – den hat Frau Mayer gekauft."

Es begann eine lautstarke, rege Unterhaltung. Jack beteiligte sich nicht, bis Frau Ina ihn ansprach: "Jack, du sagst ja gar nichts! Wo bist du denn mit deinen Gedanken?" Jack grinste verlegen: „Oooch, keine Ahnung!" Frau Ina, obwohl nicht Lehrerin, wusste genau, was ihn bedrückte. „Ich habe heute schon beim Skilaufen an dich gedacht. Alle Jungen aus dem Dorf laufen Ski, nur du nicht! Ich könnte mir dich auf Brettern sehr gut vorstellen. Was hältst du eigentlich von einem Skikurs? Wir haben hier einen tollen Skilehrer, der ein Talent sofort erkennt." Eigentlich war Jack davon überzeugt, keinen Skilehrer zu brauchen, wie die kleinen Hutträger hier, doch er fühlte sich auch geschmeichelt durch Frau Inas Worte. Er sagte interessiert, dass er gleich morgen dort hingehen würde - falls am Sonntag der Skilehrer überhaupt auf der Piste sei. „Gute Idee", fand Kevin, „das mach mal gleich morgen, Jack. Übrigens – möchte noch jemand Kaffee?" „Ne, Papa", Jack rümpfte die Nase, „wir gehen jetzt nach oben spielen." „Macht aber keinen Blödsinn!" Jack grinste: „Mach du dir keinen Kopf, Papa!" Kevin war verblüfft, aber schon waren die Kinder in Jacks Zimmer verschwunden. Angela lachte: "Jetzt müssen wir Sie um die Erklärung dieser Redewendung bitten." Die beiden Lehrer horchten auf. Sie fanden es nicht uninteressant, wenn ihre Sprache Rätsel aufgab, die sie ja zu lösen verstanden. Kevin erzählte von einer Verhandlung mit zwei Brüdern über den Verkauf des gemeinsam geerbten Hauses: „Als die Verhandlung zu scheitern drohte und einer der beiden Partner wütend den Raum verließ, sagte der

andere zu mir ‚Machen Sie sich keinen Kopf!' Was soll das heißen?"
Ina lachte und Herr Huber senior schüttelte verärgert sein ergrautes Haupt. „Mir scheint, dass es heutzutage nicht mehr möglich ist, vollständige Sätze zu bilden. Entweder sind die Menschen zu lässig, ich würde es ‚nachlässig' nennen, oder zu dumm dafür! Dieser Ausspruch ist inzwischen sehr verbreitet. Früher sagte man: ‚Mach dir keine Gedanken, zerbrich dir nicht den Kopf'. Und nun steht dafür einfach dieser dumme Spruch ‚Mach dir keinen Kopf'!" Kevin hatte verstanden, doch Gustl Huber war bei einem Thema angelangt, das ihn immer wieder in Erregung versetzte: „Wir sagen auch nicht mehr, dass wir irgendwohin gegangen, geflogen oder geschwommen sind, wir sagen kurz und bündig: ‚Da bin ich hin, da bin ich rauf, da bin ich rein' usw. Sogar in den Dialogen in Fernsehfilmen hat sich diese Sprache breitgemacht. Man ist modern, man will die Sprache modernisieren. Das führt leider häufig zu falschen, aber recht oft zu unvollständigen Aussagen. Ein Ausländer dürfte damit seine Probleme haben! Ganz zu schweigen von den Abkürzungen. Kein Mensch kann sich da noch durchfinden!"
Während sich die Herren weiter über sprachliche Unzulänglichkeiten der Moderne ereiferten, bereiteten Angela und Ina in der Küche das Abendessen vor. „Die neue Zeit scheint tatsächlich nicht nur Nachteile zu haben", bemerkte Ina. „So wie wir beide hier in der Küche stehen und zusammen arbeiten, so wäre das in Deutschland früher gar nicht möglich gewesen. Noch zu Zeiten meiner Mutter

war es nicht üblich, dass der Gast mit in die Küche ging und half. Die Hausfrauen dachten damals noch, alles perfekt für den Gast hergerichtet, servieren zu müssen. Ich muss gestehen, mir gefällt es so viel besser! Ich glaube, dass wir viel von der unkomplizierten, amerikanischen Art übernommen haben."

Beim Abendessen lag Wolf unter dem Esstisch. Aufmerksam lauerte er auf die Bissen, die den Kindern, natürlich versehentlich, entglitten und ihm vor die Pfoten fielen. In der Nähe von Evis Platz war die Ausbeute besonders groß. Angela wandte sich an Peter, den sie als einen ein wenig übertrieben gut erzogenen Jungen betrachtete: „Was habt ihr denn da oben gemacht? Habt ihr euch gut amüsiert?" „Ja, wir haben Computerspiele gemacht." „Ahhh, du wirst sicher wie dein Vater und dein Großvater einmal Lehrer werden?"

Peter schüttelte energisch den Kopf und sagte, sehr zu Angelas Erstaunen: „Nein, ich werde sicher kein Lehrer werden!" Er konnte nicht weiterreden, denn Angela fragte ihn spontan, warum er nicht Lehrer werden wolle. „Weil ich nicht möchte, dass meine Kinder einmal so oft belehrt werden wie ich. Ich möchte auch nicht, dass es heißt, ich wäre wie mein Vater und Großvater nur auf eine sichere Position und Pension aus, und dazu auch noch auf so lange Ferien! Ich möchte Ingenieur oder Musiker werden!" Dies war mit Überzeugung gesprochen, und niemand lachte darüber. Die Lehrer schwiegen, sie lächelten. Ina nickte zustimmend. Kevin fragte, ob er Lust hätte, in Amerika in ihrer Nähe zu studieren; sie würden sich sehr darüber

freuen! „Es ist ernst gemeint", bekräftigte er seine Worte, „wir würden uns freuen. Vielleicht studiert eines unserer Kinder mal in Deutschland?!"
Alice-Evi und Janny waren begeistert von Dads Idee. Alice meinte, dass sie den Peter in den Disneypark begleiten würde, wo der Märchenwald mit ihrem Baumhaus und den vielen Tieren aufgebaut ist - aber nicht mit richtigem Schnee wie hier.
Beim Abschied sagte Ina: „Morgen besuchen wir das Weihnachtskonzert in der Kirche. Es wäre schön, wenn Sie mitkommen würden. Das ist immer sehr feierlich. Rechts und links vom Altar stehen hohe Tannenbäume mit vielen Kerzen. Am Anfang der Bankreihen auf den Bücherablagen stehen auch Kerzen. Es singen mehrere Chöre, und einige Familien, die vom Großvater bis hin zum Enkelkind musizieren, wirken mit. Zum Schluss stimmen wir alle in die Melodien ein. Dieses Konzert wird jedes Jahr vom Fernsehen übertragen!"

Am nächsten Morgen schon fand Jack sich mit geliehenen Skiern am Skilift ein. Einige Schulkameraden waren schon dort und redeten mit großem Sachverstand über ihre Bretter. Sie begrüßten Jack: „Willst du zum Skikursus? Da musst du aber noch eine ganze Weile warten! Der fängt jetzt noch nicht an!" Jack sagte lässig: „Ich brauche keinen Skikursus! Ich fahre gleich mit nach oben!" Erstaunt schauten sie den amerikanischen Schulkameraden an, der anscheinend etwas vom Skilaufen verstand.

Mit großem Hallo fuhren sie den Berg hinauf. Den mitfahrenden Mädchen riefen sie Scherze zu und taten alles, um ihre gespielte Überlegenheit und Lässigkeit zu betonen. Manch „holde Maid" zuckte nur die Schultern, andere gingen auf die Zurufe ein.

Oben benötigte Jack die Hilfe der anderen, um seine Skier anzulegen. Einige spotteten und meinten, dass er wohl statt eines Schuhanziehers einen Skianzieher brauche. So sehr Jack auch innerlich grollte, nun konnte er nicht mehr zurück. Er musste gute Miene zu einem Spiel machen, von dem noch keiner wusste, wie es ausgehen würde.

Ein wenig eigenartig war ihm zu Mute, als er, kaum die Bretter an den Schuhen, ins Rutschen geriet. Er wusste nicht, wie er bremsen sollte. Er hörte nur noch das spöttische Lachen der Jungen, dann bewegte er sich abwärts. Er sah nicht mehr die Piste, die Welt rundherum bestand nur noch aus blendendem Weiß. Er raste in schwindelndem Tempo auf einen Strauch zu, verfing sich darin und klammerte sich fest. Jack blinzelte. Er atmete auf, da er endlich wieder Halt gefunden hatte. Es schien ihm nichts passiert zu sein, nur ein Skier war abgegangen und der andere war zerbrochen. Das Unglück war also nicht so groß. Während er noch überlegte, wie er hier wieder wegkommen sollte, hörte er seinen Namen rufen und das Geräusch von nahenden Skiern. Jemand rief: „Hierher! Hier liegt er!" Binnen kürzester Zeit standen vier Jungen um ihn herum. Sie lachten nicht mehr, sie fragten besorgt, ob ihm etwas passiert wäre. „Mensch Jack, wir haben vielleicht einen Schreck bekommen! Wir hätten dich nicht abfahren lassen

dürfen. Das war unsportlich von uns!" „Sag mal, hast du Schmerzen?", fragte ein anderer, „Hast du dir etwas gebrochen? Soll ich den Notdienst rufen?"
Endlich kam Jack zu Worte. „Ich kam ins Rutschen, bevor ich richtig denken konnte. Alles ging so schnell!" Er dachte an das Gelächter und wusste, dass keiner mehr glauben würde, dass er schon einmal auf Brettern gestanden hätte. So meinte er ein wenig kleinlaut: „Ich werde doch zum Skikursus gehen! Wie macht ihr das nur, dass ihr das alle so gut könnt?" Peter gab die Antwort: „Ach weißt du, wir fahren alle schon von klein auf. Jeder, der hier wohnt, kann das eben!"
Ein wenig bedröppelt kam Jack zu Hause an. Er musste alles gestehen, zumal sein Dad im Hause war und bestimmt durchschauen würde, wenn er etwas Falsches erzählte. So beschrieb er den Hergang des Unfalls ziemlich wahrheitsgetreu. Kevin nickte; er war erleichtert, dass nichts Schlimmes passiert war - kein Beinbruch, und außer ein paar Kratzern an der Nase, die vom Gebüsch herrührten, war kein Schaden entstanden. Sicher, zu den kaputten Skiern würde der Sohn zuzahlen müssen, doch darüber könnte man später reden.
Er winkte den Sohn an seinen Schreibtisch und sagte eindringlich, dass er doch lieber immer bei der Wahrheit bleiben und nicht anderen etwas vorspielen solle. Jack nickte. „Ja Papa, aber jetzt kann ich nicht mehr anders, jetzt muss ich Ski fahren lernen, damit ich mich nicht noch mehr blamiere. Kann ich denn nicht einen Kurs und Skier als Weihnachtsgeschenk haben?"

Beim Abendessen schlug Alice-Evi vor, doch nun auch für Jack und seine Retter eine Party zu geben.

„Jetzt gehen wir erst in die Kirche zum Weihnachtskonzert!", sagte Angela entschieden, „und Jack wird wohl zu Hause bleiben wollen. Ich glaube, dass er nicht gern sieht, wenn die Hutbubis singen!"

Das war hart! Jack nickte nur. Ganz ehrlich nahm er sich vor, seine Angeberei weitgehend zu drosseln, jedenfalls nicht immer so zu übertreiben. Er war nicht traurig, dass er nicht mitgehen durfte; das Konzert konnte er auch am Fernseher verfolgen!

Jack verfolgte tatsächlich das Weihnachtskonzert am Fernseher. „Sicher, die Kirche ist, wie alles hier, zu klein. Zu wenige Leute haben darin Platz!", dachte er überlegen. Trotzdem strömten viele Menschen in die festlich geschmückte Kirche. Mittendrin entdeckte er Alice. „Das gibt es nicht! Da ist ja unsere Alice, der Star aus Amerika!" Sie schaute großäugig in die Kamera, ihr Gesicht war ernst, es war das Gesicht der Alice im Wunderland. Sie nahm neben der Mam in einer Bank Platz. „Jetzt wird sie gleich anfangen zu beten!", flüsterte Jack entgeistert, „die bringt es noch so weit, dass sie hierbleiben kann."

Die Kamera schwenkte hinüber zum Kinderchor vor dem Altar. Sie sangen „Leise rieselt der Schnee". Jack freute sich, denn das Lied hatte er gerade in der Schule gesungen, und er musste sich eingestehen, dass ihm das Konzert immer besser gefiel.

Heute war der Tag, an dem der Weihnachtsbaum im Wald geschlagen werden sollte. Jack war aufgeregt und sagte den Eltern, dass er die Führung durch den Wald übernehmen werde. Familie Huber schloss sich den Freunden an. Ina hatte von zu Hause Thermoskannen mit Tee und Kaffee mitgebracht. „Die Kinder bekommen doch gleich immer Hunger und Durst. Und außerdem macht es Spaß, im Wald auf einer Schneebank ein Picknick zu machen!"

Viele Leute waren zu dem Platz unterwegs, an dem die Bäume geschlagen werden durften. Der Schnee knirschte unter ihren Füßen, die Sonne schien aus blauem Himmel, und Jack fand es toll, dass er selbst den Baum fällen durfte - jedoch nicht mit einer Motorsäge, sondern ganz unmodern mit einer Axt. Er schlug munter zu, solch einen Baum wird ein Amerikaner doch wohl ruck-zuck zu Fall bringen können. Allerdings war die Anstrengung größer als erwartet, aber es machte ihm trotzdem Spaß.
Bewundernd schaute ihm Janny zu und meinte, dass er doch hierbleiben und Förster werden könne. Jack ergänzte ein wenig bissig: „Und dann auch noch solch komischen Hut mit einem Pinsel tragen muss!" Diesen Ausspruch hatten alle gehört, und am meisten lachten die Hutträger; sie nahmen seinen Kommentar nicht übel. Ein älterer Waldarbeiter klopfte ihm kräftig auf die Schultern, so dass er glaubte, um einige Zentimeter kleiner zu werden, und sagte: „Einen Cowboyhut kannst du in deinem Wilden Westen aufsetzen, den tragen wir hier nur zu Fasching!"

Die Weihnachtsferien hatten begonnen. Der Baum wurde im Haus aufgestellt, und Jack stand auf der Leiter und schmückte ihn mit Kevins Hilfe. „Noch nie hatten wir solch einen hohen, schönen Baum. Zum ersten Mal haben wir einen richtigen Tannenbaum, der im Wald gewachsen ist und gut riecht! Und er ist so hoch, dass wir zum Schmücken eine Leiter brauchen!", meinte Jack begeistert. Er ganz allein hatte dieses Prachtstück geschlagen, und niemand hatte an der Tanne etwas auszusetzen! Dieser Baum hätte, schon seiner Größe wegen, selbst in Amerika Beachtung gefunden.
So stand das Weihnachtsfest vor der Tür. Jack durfte jetzt schon am Skikurs teilnehmen. Er bereitete ihm viel Spaß, und er ließ sich nun gern von Peter beraten, der inzwischen zum Skilaufen eine dicke Wollmütze trug.
Kevin hatte mitgeteilt, dass er der hiesigen Ferienzeit wegen bis Anfang Januar zu Hause bleiben würde, zumal die Verhandlungen mit den beiden Brüdern ins Stocken geraten waren.
In diese vorweihnachtliche Idylle hinein gelangte die Ankündigung von Anthonys Besuch. „Da ich trotz größter Bemühungen kein Hotel buchen konnte, nehme ich Euer großzügiges Angebot, in dem alten Schlösschen zu wohnen, gerne an. Wir kommen nur zu zwei Personen. Meine Familie befindet sich im Urlaub. Mich begleitet Ann, meine Sekretärin!"
Angela war wenig entzückt, hatte sie doch nicht damit gerechnet, dass Anthony tatsächlich ins alte Europa reisen würde. Kevin runzelte die Stirn. „Diese Sekretärin kenne

ich nicht! Also schon wieder eine neue, vermutlich eine intime Beziehung!"
Die Familie überlegte, wie sie die Gäste im Schlösschen unterbringen könne. Sie kam zu dem Entschluss, Jacks Zimmer zur Verfügung zu stellen und den Sohn für die „paar Tage" im Zimmer der Eltern oder der Schwestern nächtigen zu lassen. Gern hätten Hubers ein Gästezimmer für Jack zur Verfügung gestellt, doch der entschloss sich, sich nicht dem Zwang des Lehrerhauses zu unterstellen - wie er es nannte - sondern lieber im Zimmer der Schwestern zu nächtigen. Das hatte zur Folge, dass Evi in das Schlafzimmer der Eltern übersiedelte.
Frau Mayer wurde beauftragt, das Essen für die Feiertage vorzubereiten. Sie meinte aber, dass sie ganz gewiss keinen Riesenputer bekommen würde, dafür aber zwei Puten braten würde. Es gab keine Widerrede, Frau Resi wusste, wovon sie sprach!
Frau Resi war auch bereit, am Heiligen Abend in der Küche zu helfen. Sie betonte aber, dass sie vor der Messe zu Hause sein müsse, da sie mit ihrem Maxl in die Kirche gehen wolle. Angela war erleichtert, fühlte sie sich doch mit all den Vorbereitungen überfordert. Frau Mayer backte Kuchen, bereitete dicke Knödl vor und briet Puten und Gänse. Das Rotkraut dampfte im Topf und sie betonte, dass der Kohl in ihrem Garten gewachsen sei. Dies imponierte Angela wenig. Sie konnte keinen Geschmacksunterschied zu dem Kohl aus der Dose feststellen. Ihre Bitte aber, fettarm zu kochen, blieb ungehört. „Es muss schon

schmecken!", antwortete die Bayerin, und die Amerikanerin nickte ergeben.
Am 24. Dezember, während andere Leute bereits die Kerzen am Weihnachtsbaum anzündeten, fuhr Kevin zum Flugplatz, um die Gäste aus Amerika abzuholen. Er grollte innerlich. Die Messe mit den Hubers würde ausfallen, und die Kinder konnten nun nicht ein typisch deutsches Weihnachtsfest feiern, und auch die Eltern hatten davon abgesehen, die Familie Huber vor der Messe zu besuchen. Der Besuch aus Amerika hatte das gesamte Fest umgestaltet.
„Mist", schimpfte Jack in ausgezeichnetem Deutsch, und Alice nickte verständnisvoll. Sie hatte sich auch auf die Messe gefreut, glaubte sie doch, wie zum Weihnachtskonzert in der Kirche, wieder im Fernsehen zu erscheinen.
Janny sah alles gelassener. Sie bat die Eltern, zu Hubers gehen zu dürfen, und meinte, dass ihr Freund Peter und sein Vater sie nach der Messe nach Hause bringen würden. Sie erhielt die Zustimmung der Eltern, und half nun der Mam beim Tischdecken. Sie dekorierte die Tafel wieder mit Kerzen und kleinen Tannensträußen.
Dad fuhr mit dem Besuch auf den Hof! Angela und die Kinder gingen hinaus. Anthony stieg als erster aus dem Auto. Er schaute sich wohlgefällig um und betrachtete mit Vergnügen die lichterblinkenden Tannen im Hof. Sein Blick fiel auf das Schlösschen, und er lachte schallend. „Das also ist euer Schloss?" Seine Begleiterin, in einen hellen Steppmantel gehüllt, schaute verwundert an dem Gebäude empor und meinte, dass sie sich ein richtiges Schloss im Alten Europa auch anders vorgestellt habe.

Ein Glück für alle Anwesenden war, dass Anthony und seine „Sekretärin" kein Wort Deutsch verstanden, denn das Urteil über sie beide fiel nicht günstig aus. Sie beleidigten ihr Schloss! Jack sagte ungeniert zu Janny: „Na warte, die werden sich noch umsehen, diese Angeber!"

Der Weihnachtsbaum leuchtete in voller Kerzenpracht und dazu verbreitete ein loderndes Kaminfeuer wohlige Wärme. Kevin, der sich Mühe gab, Haltung zu bewahren, geleitete die Gäste in das von Jack zur Verfügung gestellte Zimmer und wies auf das Bad, das lediglich dem Besuch zur Verfügung stand. Er bat, bald zum Essen herunterzukommen.
Frau Mayer trug das Essen auf. Angela und Jack warfen sich vielsagende Blicke zu. Frau Mayer zuckte die Schultern und war froh, bald nach Hause gehen zu können. Doch ihr blieb nicht verborgen, dass das köstlich duftende Festmahl, die knusprig gebratenen Gänse, der vor Fett glänzende Rotkohl und die dicken Knödl, von den Gästen kaum beachtet wurden. Doch die Familie langte gerne zu, und auch Anthony kostete schließlich mit Genuss von den Speisen. Ann jedoch schob verächtlich ihren Teller beiseite und bat um ein kalorienarmes Essen. Es brauche ja nichts Besonderes zu sein, betonte sie, sie sei aber nicht gewillt, ein fetttriefendes Mahl zu sich zu nehmen. Sie reckte ihre dünne Gestalt in hautenger Kleidung, und Angela trug den Teller in die Küche. Voller Empörung stemmte Frau Resi die Hände in die Hüften: „Ich richte für die Magersüchtige aus Amerika nichts her! Legen Sie ihr

ein Salatblatt oder ein paar Apfelschalen auf den Teller! Ich gehe jetzt! So etwas ist mir mein Lebtag noch nicht vorgekommen!"
Es war Angela nicht möglich, Frau Mayer zu beschwichtigen. Voller Schwung legte sie ihren dicken Schal um die Schultern und verließ beleidigt das Haus. Sie nahm Janny zu den Hubers mit. Unterwegs sprach sie nicht ein Wort, so sehr auch Janny versuchte, sie versöhnlich zu stimmen. Zuletzt sagte das Mädchen: „Frau Mayer, es tut uns allen leid! Wir werden froh sein, wenn die wieder abreisen! Wir wollten doch ein richtiges bayerisches Weihnachtsfest feiern, mit Messe und so!" Etwas versöhnlich nickte die Frau, und ihre Hand glitt liebevoll über Jannys Arm.
Im Schlösschen blieb die deutsche oder bayerische Weihnachtsstimmung aus. Die Gäste redeten von Amerika, dem Flug, den Ängsten vor einem Terroranschlag auf dem Flughafen, und verkündeten dann, dass sie bedingt durch den Stress der Vortage total erschöpft seien und sich zu Bett begeben möchten.
Alice war zu Bett gebracht worden. Es war still im Raum, niemand sagte etwas, das Feuer glimmte nur noch. Jack atmete erleichtert auf. So sehr er sich selbst auch über viele Dinge im Alten Europa lustig gemacht hatte, so sehr ärgerte er sich nun über die Art seiner Landsleute. Die fanden sein Schloss spießig, spotteten und taten sich wichtig. Er sagte: „Die können nur angeben! Mir wäre lieber, wenn sie nicht gekommen wären! Es ist nur gut, dass sie unsere Sprache nicht verstehen!" Kevin bemerkte lächelnd, dass sein Sohn die deutsche Sprache als „unsere

Sprache" bezeichnete. Er strich liebevoll mit der Hand über die Wange des Jungen: „Freuen wir uns auf den Besuch unserer bayerischen Freunde morgen am ersten Feiertag. Es ist eigentlich ganz gut, dass Anthony und Ann schon am frühen Vormittag auf die Piste gehen werden." Jack grinste und hoffte, dass dem Angeber auch solch Missgeschick passieren würde wie ihm.

Bereits um sieben Uhr lief das Wasser im Badezimmer der Gäste. Ungeniert rief Ann lautstark nach Anthony, weil sie irgendein Utensil nicht fand. Davon wachte Kevin auf. Verärgert schaute er auf den Wecker, seufzte, erhob sich und ging in das Badezimmer der Familie. In der unordentlichen Küche suchte Kevin nach etwas Geeignetem zum Frühstück für die beiden, fand aber nur ein paar Stücke Gugelhupf. Er bereitete den Kaffee und stellte Tassen auf den Esstisch.

„Da sind wir!", verkündete Anthony, nun gut ausgeschlafen, und nahm am Esstisch Platz. „Ich habe wunderbar geschlafen! Kein Lärm, keine Angst vor Terror, auch das Heulen der Wölfe, von welchem Angela berichtete, habe ich nicht vernommen - himmlische Ruhe! Und nun sind wir fertig für den Wintersport!" „Die Skier für dich habe ich besorgt, ich lege sie ins Auto. Ann kann sich ja welche am Lift leihen." Ann wollte nicht Skilaufen, sondern ein Sonnenbad nehmen, da ja hoch auf den Bergen die Sonne besonders stark sei. Für solche Zwecke habe sie Sonnencreme aus Kalifornien mitgebracht!

Kevin setzte die beiden am Lift ab: „Am besten, ihr nehmt euch ein Taxi für den Rückweg!" Er wünschte viel Vergnügen, winkte ihnen zu und trat den Heimweg an. Eigentlich hatte er sich vorgenommen, noch einmal ins Bett zu gehen. Als er aber den Tag erwachen sah, als die Sonne sich mit silbernem Schein hinter den Bergen ankündigte, war alle Müdigkeit verflogen. Kurz entschlossen stieg er aus dem Wagen und spazierte der Sonne entgegen. Er begrüßte mit frohem Herzen den herrlichen Feiertag!

Im Schlösschen bereitete er das Frühstück zu und entfachte sogar das Kaminfeuer. Gut gelaunt empfing er die Familie und suchte aus des Erbonkels Bestand eine Weihnachtsplatte heraus. Kopfschüttelnd betrachtete er das Label: „Die Regensburger Domspatzen". Was mochte das sein? Die Musik erklang in dem hohen Raum, die Stimmen der Domspatzen jubilierten, und sogar Jack meinte, dass sich dies sehr schön anhöre!
Eine harmonische Familie saß ohne jede Hektik am Tisch, und beschloss, heute in der Küche zu helfen. Am Nachmittag, wenn die Familie Huber eintreffen würde, sollte alles gut gerichtet sein, zumal Frau Mayer am heutigen Tage nicht kommen würde. Die Spülmaschine lief schon zum zweiten Mal, und der Kühlschrank war so voll, dass kein noch so kleiner Teller mehr darin Platz fand.
Nun wurde beraten, was man den Gästen am Abend vorsetzen solle. „Nimm doch die Reste! Wir haben noch eine Gans und eine Pute, das wird sicher reichen!", meinte Kevin. Alice fragte, ob sich denn in der Tiefkühltruhe kein

Eis befände, oder ob die Alten in Europa keines zu Weihnachten hätten. „Alles gibt es hier, genau wie bei uns!", erklärte Janny überlegen und fragte, ob sie schon den Tisch für den Kaffee decken dürfe.
Zufrieden betrachtete Angela den Kaffeetisch und lobte die Familie, die sie in der Küche so aktiv unterstützt hatte.
Die Kerzen brannten bereits auf dem Tisch und am Weihnachtsbaum, als die Hubers eintrafen und den großen, schönen Baum bewunderten. Jack reckte sich und nahm das Lob für den Baum allein für sich in Anspruch.
„Wo sind denn Ihre Gäste aus Amerika?", fragte Ina. Sie war ein wenig neugierig auf den Partner von Kevin und dessen Sekretärin. „Sie werden sie kennenlernen. Anthony wird sicher so lange wie möglich auf der Piste bleiben, denn er ist ein ausgezeichneter Skifahrer! Aber spätestens bei Einbruch der Dunkelheit kommen sie zurück. Dann können wir gemeinsam zu Abend essen", meinte Kevin.
Man redete über den Heiligen Abend, über die Christmette und über die bayerische Weihnachtsfeier in der Kirche. Man unterhielt sich prächtig, als mit viel „Hallo" Anthony und Ann eintrafen. Die Unterhaltung wurde in englischer Sprache fortgeführt. Was in deutscher Sprache gesagt wurde, war für die Ohren der Gäste nicht bestimmt und kam hauptsächlich von Jack.
Alois Huber erkundigte sich höflich, ob die Piste, die ja eigentlich nicht hatte gebaut werden sollen, gefallen habe. Schon fragte Ann erstaunt: „Warum sollte sie nicht gebaut werden? Es ist doch so schön dort! Viele Leute waren da. Mir hat es sehr gut gefallen. Ich habe beinahe einen Son-

nenbrand bekommen!" Man redete über die Umweltgefahren, die durch die Abholzung der Hänge für den Bau der Piste entstanden waren, aber das Thema interessierte nicht. Anthony teilte mit, dass er einen Leihwagen bestellt habe, den er morgen abholen müsse. An Kevin gewandt fragte er: „Kannst du uns morgen zu der Leihwagenfirma bringen? Wir fahren dann in euer Nachbarland, nach Österreich. Ich glaube, Kitzbühel heißt der Ort. Wir haben beim Skilaufen ein Ehepaar aus Kitzbühel kennengelernt. Bei einem gemeinsamen Mittagessen haben wir verabredet, morgen dort hinzufahren. Wir fahren hinter ihnen her. Für ein paar Tage können wir in einem Hotel, das dem Freund von Herrn Langgruber, unserem neuen Bekannten, gehört, wohnen."

Kevin schaute Anthony von der Seite an. Da steckte doch mehr dahinter, und prompt fragte er: „Hast du die Absicht, dort ein Hotel, oder vielleicht dieses Hotel, zu kaufen?" „Wie gut du mich kennst!", lachte Anthony, „Natürlich will ich das Hotel kaufen, wenigstens dort einsteigen. Man kann wohl eine gehörige Finanzspritze gebrauchen. Aber wer kann das nicht? Und so ist die Gelegenheit günstig, fünfzig Prozent des Hotels zu erwerben. Darunter mache ich es nicht, da ich sonst keinen Interessenten in Amerika finde. Die wollen keine halben Sachen kaufen!" Nun lachte Alois Gruber: „Fünfzig Prozent sind eine halbe Sache!" „Genau, auch in Amerika", freute Jack sich auf Deutsch. Kevin winkte ab und meinte, dass Anthony sicher nicht dabei stehen bleiben würde. „Natürlich nicht", bestätigte Anthony, „man muss nur investieren, so lange, bis man

schließlich das ganze Hotel in Besitz genommen hat!"
Alois sagte nichts mehr, ihm kam plötzlich das Wort „Feindliche Übernahme" in den Sinn.
Anthony sagte zu Kevin: „Ann und ich kommen am zweiten Januar aus Kitzbühel zurück. Ich hoffe, dass ich bis dahin dort alles erledigen kann, und wir dann hier die Verhandlungen mit den beiden Brüdern weiterführen können. Spätestens am fünften Januar wollen wir nach Amerika zurückfliegen." Auf die Frage, was ihn bezüglich der Verhandlung in Kitzbühel so sicher mache, antwortete Anthony mit überlegener Miene: „Mit Geld kann man alles erreichen, heute eher als je zuvor!"
Jack fühlte zum ersten Mal Abscheu gegen die Arroganz dieses Mannes, der ihm ohnehin nicht sympathisch war. Er konnte sich nicht verkneifen, zu fragen, ob er das Schlösschen auch schon in seine Pläne einbezogen habe. Anthony zuckte die Schultern, und bevor er etwas sagen konnte, meinte Jack verächtlich: „Sicher ist das zu klein für Ihre reichen Freunde!" Angela versuchte, den entstandenen Missklang durch Themenwechsel aus der Welt zu schaffen, aber Anthony schien nicht im mindesten Jacks Frage, die schon vom Ton her recht scharf ausgefallen war, als Beleidigung zu empfinden.
Beim Abendessen unterhielt man sich entgegen jeder Erwartung der Familie Huber ungezwungen über verschiedene Themen, besonders über Amerika, das Land der unbegrenzten Möglichkeiten. Hubers dachten, dass in einer deutschen Familie solch scharfe Töne von einem Jugendlichen einem Gast gegenüber zu arger Verstimmung ge-

führt hätten. Es war eigentlich gut, wenn nicht alles so schwer genommen wurde. Zu fortgeschrittener Stunde verabschiedete man sich recht freundschaftlich.

„Eigentlich haben die beiden nur unser Weihnachtsfest durcheinander gebracht! Sie wollten anscheinend gar nicht Weihnachten feiern!", sagte Angela zu Kevin. „Was wollen die beiden eigentlich wirklich hier? Ich habe den Eindruck, dass sie nur zum Skilaufen gekommen sind!" Kevin schüttelte den Kopf. „Anthony ist Geschäftsmann. Er kennt keine Sentimentalitäten, wie er alles, was außerhalb des Geschäftes liegt, nennt! Er ist auch nicht in der Absicht hierher gekommen, uns zu besuchen oder Urlaub zu machen, oder Ski zu fahren; er kommt wegen des Anwesens der beiden Brüder, das alles andere ist, als nur eine nette Nebenerscheinung! Ich glaube auch nicht, dass Ann eine Begleiterin für längere Zeit wird. Es ist gut für ihn, dass seine Frau so ‚selbständig' ist. Sie liebt das Geld, sich selbst und auch ihre Kinder - ansonsten ist sie wie Anthony!"
Kevin wusste aber auch, dass Anthony nicht auf seinen Rat verzichten konnte. Ohne ihn hätte er den Ruf der Firma längst verspielt, denn er dachte nur an seinen Verdienst. Kevin war der Gegenpol zu ihm: Bei größter Sachlichkeit immer verbindlich, ja vielleicht manchmal sogar etwas zögerlich!

Pünktlich am zweiten Januar kam Anthony zurück! Nach vorheriger Anmeldung fuhren er und Kevin zum Anwesen der beiden Brüder. Anthony glaubte, dass die Stunde günstig sei, da der Ältere auf Geschäftsreise war und der Jüngere eigens für diese Verhandlung seinen Urlaub unterbrochen hatte. Anthony vermutete, dass Letzterer in Geldschwierigkeiten sei.

Die Verhandlung gestaltete sich schwieriger als erwartet. Der jüngere Bruder trat, anders als bei dem ersten Gespräch, sehr entschlossen und energisch auf und gab zu verstehen, dass die beiden nicht die einzigen Interessenten seien. Anthonys großspuriges Auftreten hatte nicht den gewünschten Erfolg. Es imponierte dem jungen Mann überhaupt nicht, sondern schien eher seine Abneigung zu erregen.

Das Geschäft kam nicht zustande. Die Rückfahrt verlief einsilbig. Anthony berechnete immer wieder, welch gutes Geschäft ihm entgangen war. Kevin empfand fast ein wenig Schadenfreude, obwohl ihm eine ansehnliche Provision entging.

Nach einer Weile fragte Kevin, ob das Geschäft in Kitzbühel unter Dach und Fach sei und ob Anthony nun Mitbesitzer eines Hotels sei. Anthony überlegte eine Weile. Für einen kurzen Augenblick dachte Kevin: „Will er dieses Geschäft nicht über die Firma laufen lassen?". Sogleich ließ er diesen Gedanken aber wieder fallen, weil er befürchtete, nun ungerecht gegen Anthony zu sein. Anthony meinte langsam: „Ich könnte sofort einsteigen, aber ich habe ein ungutes Gefühl. Es sieht zwar alles sehr schön aus, und gerade das macht mich nach der Erfahrung von soeben misstrauisch. Kannst du dich vielleicht darum kümmern? Ich muss ja sowieso übermorgen wieder zurück." Kevin nickte und versprach, sich der Angelegenheit anzunehmen.

Sehr zu Jacks Erleichterung, waren die Gäste aus Amerika abgereist und er konnte in sein Zimmer zurück. Die großspurige Art des Geschäftsmannes aus Kalifornien hatte ihn die ganze Zeit genervt. „Der hat doch überhaupt keinen Verstand! Hält unser Schloss für klein und unmodern! Es hat zwei Kriege überstanden! Wo gibt es schon in Kalifornien solch ein Haus mit Tradition. Natürlich kann man es auf keinen Anhänger laden und transportieren! Aber das muss ja auch nicht sein! Es gehört hier hin!"
Auch Kevin spürte Erleichterung. Er saß an seinem Schreibtisch und dachte über die vergangenen Tage mit seinem Geschäftspartner nach. In Kitzbühel sah er, im Gegensatz zu Anthony, keinerlei Schwierigkeiten. Das Haus war bestens instand, stets gut belegt, und wurde von dem Inhaber hervorragend geführt. War es vielleicht gerade das, was Anthony störte? Kevin glaubte dies und glaubte auch, dass Anthony den Zurückzieher machen würde. Zu sehr hatte ihn das Nichtzustandekommen eines Abschlusses mit den beiden Brüdern schockiert. Kevin hoffte sogar, dass Anthony den Zurückzieher machen würde.
Er grübelte noch, als Angela in schicker Garderobe die Treppe herunter kam. Sie sah sehr gut aus und machte nicht den Eindruck einer unzufriedenen, nicht ausgelasteten Frau.

„Gehst du aus?", fragte er lächelnd. „Ich fahre zur Zeitung! Ich gebe heute die letzte Folge der zehnteiligen Serie ab!" Angelas Artikel in der hiesigen Zeitung, die Wert auf die Beschreibung des Familienlebens legte, waren ein Erfolg. Angela hätte den hiesigen Lesern lieber ein spannenderes, aufregenderes Leben aus ihrer Heimat geschildert.

Sie verabschiedete sich mit einem Kuss und meinte, dass sie zum Abendessen sicher zurück sein würde. Angela hatte sich einen Kleinwagen zugelegt, und es bereitete ihr Freude, damit in der Gegend herumzufahren. Sie erledigte Besorgungen und hielt sich gern in der Redaktion auf, wo ihre Berichte korrigiert wurden, da sie die deutsche Sprache nicht druckreif beherrschte. Sie hatte auch viel Spaß an den Ausflügen mit Ina nach Nürnberg, an den Geschäftsbummeln und den Besuchen im Caféhaus und wünschte sich, öfter ins Theater zu gehen. Ina war für sie zur Freundin geworden, eine moderne Frau, die mitten im Leben stand, vielseitig interessiert und aktiv.

Lange bevor das Abendessen eingenommen werden sollte, kam Angela zurück. Kevin hörte schon am heftigen Zuschlagen der Autotür, dass sie nicht bester Laune war. Angela bemühte sich auch nicht, einen frohen Eindruck vorzutäuschen. Im Gegenteil! Sie warf im hohen Bogen ihre Mappe auf den Schreibtisch, warf den Pelzmantel auf einen Stuhl und ließ sich auf einen Sessel vor dem Kamin fallen. Kevin verhielt sich ruhig. Er kannte seine Frau und wusste, dass Fragen sie nur noch mehr verärgert hätten. Er

ging in die Küche und kam mit zwei Tassen Kaffee zurück, die er auf den kleinen Holztisch stellte. „Bitte", sagte er, und er ließ sich ebenfalls vor dem wärmenden Feuer nieder. Es dauerte nicht lange, bis sie nach der Tasse griff und ihrer Empörung Luft machte: „Stell dir vor, man hat mir bei der Zeitung keinen neuen Auftrag erteilt! Die Serie sei abgeschlossen, sehr gut angekommen - und das war's auch schon!" Kevin wusste, dass es falsch wäre, sie jetzt zu trösten. Er musste sachlich bleiben und sagte, dass er so etwas erwartet habe, denn das, was für diese Zeitung von Interesse war, ist berichtet worden.
Abrupt erhob sich Angela. Die Tasse in der Hand, lief sie in dem großen Raum hin und her. Sie meinte, dass man doch hätte froh sein müssen, wenn sie, die erfolgreiche Journalistin einer großen, amerikanischen Zeitung, überhaupt für diese Dorfzeitung schreiben würde. Da Kevin nicht reagierte, schimpfte sie weiter: „Weißt du, was die gesagt haben? Sie müssten jeden Beitrag der nicht so guten Sprachkenntnisse wegen korrigieren. Sie bedankten sich aber trotzdem noch einmal herzlich für die von mir verfasste, erfolgreiche Serie!"
Nach einer Weile fragte Kevin: „Und, wie siehst du jetzt deine Zukunft als Jounalistin in Bayern?" Erstaunt schaute sie ihn an. „Ich sehe keine Zukunft! Warum auch? Eines Tages, vielleicht schon in Kürze, werden wir zurückgehen. So war es doch vorgesehen? Warum sollte ich dann hier noch etwas unternehmen? Gleich morgen werde ich mich mit meinem Verlag in L.A. in Verbindung setzen, und ich hoffe, so schnell wie möglich dort eine Aufgabe zu erhal-

ten. Vielleicht muss ich bald abreisen. Mal sehen, welchen Vorschlag man mir macht."

So sehr Kevin über den Realismus seiner Frau erleichtert war, so betroffen war er aber auch über ihre Entschlossenheit, ohne Rücksicht auf die Familie, den nächsten Termin zu einer Weiterarbeit bei ihrer Zeitung wahrzunehmen.

Ihm wurde auch bewusst, dass das beschauliche Leben, das sie hier im Schlösschen, weit weg von aller Hektik, geführt hatten, seinem Ende entgegen ging. Angela hatte damals dem Umzug nach Bayern sowieso nur zögernd zugestimmt. Sie hatte sich, gegen jede Erwartung, dann hier sehr gut eingelebt, eine Freundin gefunden, Zeit für die Familie gehabt, und auch ein wenig in ihrem Beruf gearbeitet. Er hatte sich nie Illusionen darüber gemacht, dass Angela das Leben als Freizeitjournalistin für längere Zeit akzeptieren würde.

Aber weshalb gab er sich solchen Gedanken hin? Nie war die Rede davon gewesen, hier, im Alten Europa, zu bleiben. Die gesamte Familie hatte diesen Aufenthalt eher als ein Abenteuer oder verlängerten Urlaub angesehen. Hatte er vielleicht insgeheim erwartet, dass alle Familienangehörigen den Wunsch äußern würden, für immer hier zu bleiben?

Nein, das hatte er sicher nicht erwartet! Aber er hatte auch nicht damit gerechnet, dass es ihm so schwerfallen würde, diesen Ort wieder zu verlassen - das Dorf in Europa mit dem schönen, alten Schlösschen.

Angela war nach oben gegangen. Die Haustür wurde aufgeschlossen, Jack und Janny kamen nach Hause. Jack riss seine Mütze vom Kopf und rief aufgeregt: „Ist das ein Sauwetter! Jetzt regnet es! Vielleicht können wir morgen nicht zur Schule gehen. Der Regen gefriert! Es ist sehr glatt, man kann kaum noch einen Fuß vor den anderen setzen!" „Nun", meinte Kevin, „morgen kann es schon wieder anders sein. Der Frühling kommt bald. Zum Glück hat es noch genug Schnee gegeben, bis dein Skikurs zu Ende war." Kevin schmunzelte: „Du hast übrigens ganz gut abschnitten. Und Weltmeister wirst du ja nicht werden wollen, oder?" Jack grinste. Er fand, dass er toll Skilaufen konnte, zwar nicht so gut wie die Hutbubis, aber dennoch! „Ach Dad", sagte er „dafür bin ich der Beste im Schwimmen! Die haben hier nicht wie wir in unserem Haus in Amerika, die Gelegenheit, täglich zu schwimmen. Die sind doch auf die öffentliche Schwimmhalle angewiesen." Kevin nickte. „Das wird sicher so sein. Aber ich glaube, dass du die Schwimmsaison hier bestimmt nicht mehr mitmachen wirst. Du weißt doch, dass unser Aufenthalt in Bayern von Anfang an begrenzt war, dass wir nicht immer hierbleiben werden!"
Angela kam, von Evi gefolgt, die Treppe herunter und sah Kevin mit den beiden Kindern diskutierend am Esstisch sitzen. Jack schaute fast verstört drein. Er sagte, dass er nicht mit so einer schnellen Rückkehr gerechnet habe, und er sich eigentlich nun ganz prima eingelebt habe. Janny, von der Kevin Widerstand erwartete, meinte nachdenklich, dass sie schon an die Rückkehr gedacht habe. „Heute hat

der Peter wieder zu mir gesagt, dass er es sehr bedauere, dass wir nicht hierbleiben, da es mit mir so schön gewesen sei. Ich habe ihm gesagt, dass ich es auch sehr bedauere, aber dass es nicht anders geht. Vielleicht kann ich in Deutschland, in München, oder in Nürnberg, studieren. Außerdem werden wir bestimmt öfter unseren Urlaub hier verbringen, wenn auch nicht so lange wie jetzt. Dann habe ich ihm gesagt, wie schön es war, dass seine Eltern und sein Großvater sich so lieb um uns gekümmert haben und immer für uns dagewesen sind. Wir waren so traurig und haben fast geweint!" Janny schluchzte und lief schnell die Treppe hinauf in ihr Zimmer. Evi protestierte: „Ich bleibe im Wunderland! Ich bin die Alice und gehe nicht zurück nach Amerika. Ich bleibe bei den Alten in Europa!"
Betreten und ziemlich schweigsam saß die Familie am Esstisch, als Frau Mayer ins Haus kam. Frau Mayer wunderte sich, eine so bedrückte Familie vorzufinden; das war wirklich zum ersten Mal. Erstaunt fragte sie, was ihnen allen denn die Sprache verschlagen habe. „Frau Mayer, wir denken an die Rückkehr nach Kalifornien ..." Weiter kam Angela nicht mit ihren Erklärungen. Frau Mayer fiel ihr ins Wort: „Das kann doch nicht wahr sein! Das glaube ich nicht! Was wird denn dann aus Herrn Bartecks schönem Schlösschen? Werden Sie es verkaufen? Wird hier alles verfallen? Oder wird hier irgend so eine moderne Sache eingerichtet?" Ohne eine Antwort abzuwarten, wandte sich Frau Mayer um und ging in die Küche. Angela folgte ihr.

Frau Mayer wischte sich mit ihrer Schürze die Tränen aus dem geröteten Gesicht. „Ich bin extra heute gekommen, weil ich von unserem Nachbarn, der geschlachtet hat, frisches Fleisch und Wurst bekommen habe. Die habe ich Ihnen zum Abendessen mitgebracht. Sie sollen doch sehen, wie ein Schlachtefest in Bayern begangen wird!"
Fassungslos schaute Angela die Frau an. Wie war das möglich? Frau Mayer weinte! Angela wusste nicht, wie ihr geschah! Während sie schon über den nächsten Auftrag in Amerika nachdachte, weinte hier eine Frau, weil sie mit ihrer Familie das Schlösschen verlassen würde. Plötzlich hielten sich die robuste Frau aus Bayern und die junge Amerikanerin in den Armen.

Die Nacht war kalt, der Regen gefroren, der Wind schüttelte die hohen Tannen, und niemanden hätte es verwundert, wenn das Geheule von Wölfen zu hören gewesen wäre. Das Schlösschen lag in tiefem Dunkel, so dass eigentlich hinter dem hohen Zaun kein Haus vermutet werden konnte. Die Bewohner des Schlösschens horchten in die Nacht hinein. Nur Alice schlief und wanderte weiter durch ihr Wunderland.
Angela war immer noch beeindruckt von den Tränen der Frau Mayer. So etwas hatte sie noch nicht erlebt. Sie würde eine Geschichte, eine wahre Geschichte, über den Abschied vom Schlösschen schreiben. Die würde sie dann dem Herrn Huber senior übergeben. Er konnte sie behalten oder veröffentlichen, das war ihr nun vollkommen egal.

Angela fühlte, dass sie während des kurzen Aufenthaltes in Europa viel gelernt hatte. Sie würde darüber Einiges zu berichten wissen, über die schöne Zeit voller Eindrücke und interessanter Erlebnisse mit liebenswerten Menschen. Auch Kevin hing seinen Gedanken nach. Er wusste, dass Angela nicht schlief, doch er sprach sie nicht an. Der Wind rüttelte an den Fensterläden, und Kevin dachte an Angelas Horrorgeschichten über das alte Schlösschen. Nun war es so weit - die Zeit hier war zu Ende! Sie würden nach Amerika zurückgehen und das Leben dort, das sie durch das Abenteuer im Alten Europa kurz unterbrochen hatten, weiterführen. Würde dann hier, wie Frau Mayer befürchtete, alles verkommen? Sollte er das Schlösschen nun doch zum Verkauf anbieten?

Die Eindrücke, die sie hier gewonnen hatten, würden ihr Leben nicht grundsätzlich verändern sondern langsam verblassen, aber er und seine Familie würden bereichert in das alte Leben zurückkehren. Ob sie je wiederkehren würden? Auch wenn sie es den Hubers eventuell versprächen, war die Zeit hier doch abgelaufen - eine Zeit ohne Wiederkehr.

Janny weinte; sie ließ Freunde zurück. Sie würde die Geborgenheit in Peters Familie vermissen - den Großvater, der ihnen viel von der Geschichte Bayerns erzählt hatte, und Tante Ina, die sie bewundert hatte. Tante Ina hatte trotz Beruf und Haushalt immer wieder Zeit für sie und Peter gehabt, und Janny hatte durch sie das Opernhaus in Nürnberg kennengelernt. Auch war das Leben ihrer eigenen Familie im Schlösschen anders gewesen als in Amerika! Pa und Ma waren oft im Haus und eigentlich selten schlecht gelaunt gewesen, und Frau Mayer hatte viel zur Harmonie beigetragen.

Mit Peter hatte sie eine geheime Vereinbarung getroffen, dass sie zeitlebens Freunde bleiben würden und sie eines Tages vielleicht sogar zusammen im Schlösschen wohnen würden.

Jack dachte an seine Freunde in Amerika, denen er viel zu erzählen haben würde. Sein Skierlebnis würde er ausschmücken und sicher dann darin eine bessere Position einnehmen. Er dachte bereits an den Bericht vom Schlagen des Weihnachtsbaumes. Das würde alle interessieren, und sie würden staunen, wie er, Jack, das Leben im Alten Europa gemeistert hat. Diese Gedanken gefielen ihm. Er besaß das Talent seiner Mutter, sich selbst ins beste Licht zu setzen.

Der Abschied würde ihm aber doch nicht leicht fallen, schließlich hatte er mit den Klassenkameraden manch nicht ungefährliches Abenteuer bestanden.

Am nächsten Morgen war der Wald weiß, die Wege tief verschneit, und der Frühling schien wieder in weite Ferne gerückt zu sein. Die Familie nahm gemeinsam das Frühstück ein, doch die Stimmung war nicht so heiter wie in den vergangenen Tagen. Alice umarmte ihren Wolf und flüsterte ihm ins Ohr, dass sie beide unzertrennlich seien und ins Wunderland gehörten. Wolf nahm diese Mitteilung ohne Widerrede hin.

Jack und Janny nahmen ihre Schultaschen und verabschiedeten sich. Janny fragte noch im Hinausgehen: „Und wann werden wir zurückfliegen?" „In knapp drei Wochen. Dann ist das Geschäftliche hier erledigt."
Angela sagte, dass sie am frühen Nachmittag mit Ina zur Eröffnung eines neuen Modehauses in die Nachbarstadt fahren würde. „Ina ist eingeladen und hofft, dass sie dort tätig werden kann, da es ganz in der Nähe ist. Heute Nachmittag gibt es dort auch eine Modenschau – natürlich keine so große wie bei uns mit Promis und so; es kommen ganz normale Leute. Aber die Mode ist sehr schön und tragbar für jeden! Ich freue mich darauf. Das ist immer sehr nett, es wird Sekt gereicht, und man lernt auch interessante Leute kennen. Ich hoffe, dass ich noch einige schöne Kleidungsstücke kaufen kann. Mir gefällt diese Mode und die gute Qualität der Stoffe. Vielleicht nehme ich etwas Schickes für meine Kollegin Eliza mit!"
„Das passt gut! Ich kann dich mitnehmen. Ich werde den Herren Huber nämlich einen Besuch abstatten, um einen Abschlussbericht über Jacks und Jannys Schulleistungen zu erbitten und die Familie zum Abschiedskaffee einzuladen. Vielleicht findest du mich dort noch vor, wenn du mit Ina zurückkommst!" Kevin seufzte: „Ja ich weiß, das Gespräch mit den Hubers, den ersten Leuten, denen wir hier begegnet sind und die uns so liebevoll aufgenommen haben, wird nicht leicht."
Gustl Huber ahnte, weshalb ihn der junge amerikanische Freund aufsuchte, und bat ihn in sein Studierzimmer. Er wies auf einen Sessel und meinte lächelnd: „Hier in die-

sem Raum zwischen all den Büchern ist die Zeit ein wenig stehen geblieben - hier stört uns niemand!" Kevin sagte, dass Herr Huber sicher wisse, weshalb er gekommen sei. Der alte Mann nickte: „Ja, Sie haben ja bei Ihrer Ankunft von einem Winter im Alten Europa gesprochen. Der Winter in Bayern ist zwar noch nicht zu Ende, wie gerade das heutige Wetter zeigt, aber doch wohl Ihr Aufenthalt hier?"
Sie schwiegen beide. Der Freund des alten Herrn Barteck betrachtete dessen Verwandten und glaubte, eine Ähnlichkeit zwischen den beiden Bartecks zu entdecken.
Schließlich sagte er: „Die Kinder Janny und Peter haben schon einige Male über die Abreise gesprochen. Auch mit mir haben sie darüber geredet, verständig zwar, aber ein wenig wehmütig. Schade, dass die beiden getrennt werden. Kinder verarbeiten solch Ereignis meist schneller als erwartet, aber sie können auch sehr darunter leiden. Gerade in meinem Beruf bin ich öfter mit solchen Ereignissen konfrontiert worden!"
Kevin war erstaunt über die Ausführungen des erfahrenen Lehrers, er brauchte also keine großen Erklärungen abzugeben. Trotzdem fiel es ihm schwer, über die Abreise zu sprechen. Wieder ergriff der alte Freund das Wort. „Angela wird es schnell verarbeiten. Sie wäre hier, ohne ihren Beruf ausüben zu können, in Kürze unzufrieden geworden. Jack hat sich, trotz aller Anfangsschwierigkeiten erstaunlich gut eingelebt. Er wird aber, genau wie seine Mutter, den Wechsel gut verkraften." Er hielt eine Weile inne: „Janny wird es am schwersten fallen. Ich glaube, dass sie die Einzige in der Familie ist, die vielleicht einmal

zurückkehren wird. Alice nimmt einen Traum mit, den sie versuchen wird, in Amerika weiterzuträumen. Sie wird unter der Rückkehr nicht leiden, zumal sicher ihr Gefährte Wolf sie begleiten wird.
Aber, was ist mit Ihnen, Kevin?"
„Ja, was ist mit mir? Ich glaube, eine neue Heimat zu verlassen. Ich denke an den Erbonkel, der ja gesagt haben soll, dass die jungen Leute aus der Neuen Welt kommen und zeigen sollen, was man besser machen könne. Besser haben wir nichts gemacht, doch wir sind realistisch genug zu erkennen, dass unsere Zukunft in Amerika liegt. Dort sind die Wurzeln unserer jungen Familie!"
Er schaute vor sich hin; seine Hände bewegten sich nervös auf der Sessellehne. Betrübt meinte er, dass ihm ein anderer Weg als der Verkauf des Schlösschens nicht möglich scheine, was ihn sehr belaste. „Ich weiß nicht, ob es gut war, die jungen Leute aus Amerika als Erben einzusetzen. Ich habe dem Großonkel gegenüber, dem ich nie begegnet bin, ein schlechtes Gewissen. Er hat dieses Haus, fern seiner Heimat, aufgebaut, um am fremden Ort Fuß zu fassen, was ihm ja hervorragend gelungen ist!"
Gustl Huber meinte versonnen: „Wo sind nur die alten Zeiten hin? Alles ist so schnell vergangen. Ich glaube, wenn Ihr Großonkel die junge Familie aus der Neuen Welt hier erlebt hätte, wäre er erfreut über die Erbfolge gewesen!" Sie schwiegen und dachten beide: „Und nun? Was würde er wohl nun dazu sagen, dass der Aufenthalt der jungen Familie im Schlösschen nur eine kurze Episode war?"

Ein leises Klopfen an der Tür. Alois Huber erschien in dem alten, gemütlichen Zimmer, wohl wissend, was gesprochen worden war. „Kommt doch herunter. Ich bereite uns einen Tee. Gleich werden Angela und Ina hier sein. Wir können dann miteinander reden und uns darüber freuen, dass wir uns begegnet sind und hier miteinander eine so schöne Zeit verbracht haben - den Winter im Alten Europa!"